UM NINHO DE COBRAS

Obras do autor publicadas pela Editora Record

A caça ao tesouro
O sorriso de Angelica
Uma voz na noite
Um ninho de cobras

ANDREA CAMILLERI

UM NINHO DE COBRAS

Tradução de
Ivone Benedetti

1ª edição

EDITORA RECORD
RIO DE JANEIRO • SÃO PAULO
2025

CIP-BRASIL. CATALOGAÇÃO NA PUBLICAÇÃO
SINDICATO NACIONAL DOS EDITORES DE LIVROS, RJ

C19n Camilleri, Andrea, 1925-2019
Um ninho de cobras / Andrea Camilleri ; tradução Ivone Benedetti. - 1. ed. - Rio de Janeiro : Record, 2025.

Tradução de: Un covo de vipere
Sequência de: Uma voz na noite
ISBN 978-85-01-92422-3

1. Ficção italiana. I. Benedetti, Ivone. II. Título.

CDD: 853
25-98676.0 CDU: 82-2(450)

Meri Gleice Rodrigues de Souza - Bibliotecária - CRB-7/6439

Título original em inglês:
Un covo di vipere

Texto revisado segundo o Acordo Ortográfico da Língua Portuguesa de 1990.

Impresso no Brasil

ISBN 978-85-01-92422-3

Um

Não restava dúvida de que era virgem a floresta intrincada onde ele e Livia tinham ido parar, sem saberem como nem por quê, já que uns dez metros lá atrás eles tinham visto um cartaz de madeira pregado num tronco de árvore, e nele estava escrito em letras gravadas com fogo: floresta virgem. Pareciam Adão e Eva, porque estavam completamente nus e cobriam as chamadas vergonhas, que, pensando bem, não tinham nada de vergonhoso, com as clássicas folhas de figo, feitas de plástico, que eles tinham comprado numa banca da entrada por um euro cada uma. Como eram duras, incomodavam um pouco. Mas o que mais incomodava mesmo era andar descalço.

Quanto mais avançava, mais Montalbano se convencia de que já tinha estado naquele lugar antes. Mas quando? A cabeça de leão avistada no meio das árvores, que não eram árvores, mas samambaias gigantes, serviu de explicação.

— Livia, sabe onde estamos?

— Sei, numa floresta virgem. Vi o cartaz.

— Mas é uma floresta pintada!

— Como pintada?

— Estamos dentro do "Sonho de Yadwigha", o famoso quadro de Rousseau, o Aduaneiro!

— Você ficou maluco?

— Vai ver se eu tenho razão ou não, daqui a pouco a gente vai topar com Yadwigha.

— E como é que você conhece essa mulher? — perguntou Livia desconfiada.

E, de fato, pouco depois toparam com Yadwigha, que, quando viu os dois, continuou deitada no divã, nuinha em pelo como estava, mas pôs o indicador no nariz, fazendo sinal de silêncio, e disse:

— Está para começar.

Num ramo pousou um passarinho, talvez um rouxinol. Depois de fazer uma espécie de reverência para os visitantes, ele começou a cantar *Il cielo in una stanza*.

O rouxinol era supertalentoso para cantar, uma belezura, fazia umas modulações quase impossíveis até para Mina, dava para ver que estava improvisando, mas com uma imaginação de artista autêntico.

Depois se ouviu um estrondo, mais um, outro mais forte ainda, e Montalbano acordou.

Xingou quando percebeu que estava caindo um enorme temporal. Um daqueles que indicam a morte do verão.

Mas como é que, no meio de toda aquela barulheira, ele continuava ouvindo, bem acordado, o passarinho cantar *Il cielo in una stanza*? Não era possível.

Levantou, olhou o relógio, eram seis e meia da manhã. Foi em direção à varanda, o assobio vinha daquele lado. E não era um passarinho, era um homem que sabia assobiar feito um passarinho. Abriu a porta-balcão.

Na varanda, deitado no chão, estava um homem de uns cinquenta anos, malvestido, de paletó rasgado, barba comprida como a de Moisés, cabelama grisalha desgrenhada. Ao lado dele, um saco. Dava para ver que era um andarilho.

Assim que viu Montalbano, ergueu-se um pouco e disse:

— Por acaso o acordei? Peço desculpas. Vim me abrigar da chuva aqui. Se o incomodo, vou embora.

— Que é isso, pode ficar — disse o comissário.

Estava impressionado com o jeito como aquele homem falava. Além do italiano perfeito, o que mais causava admiração nele era a voz educada.

Achou que não ia ficar bem fechar a porta na cara dele, por isso a deixou meio aberta e foi fazer café.

Tinha tomado a primeira xícara, sentiu uma espécie de remorso. Encheu outra e levou para o homem.

— Para mim? — perguntou ele espantado, enquanto se levantava.

— É.

— Obrigado, obrigado!

Enquanto se esbaldava debaixo do chuveiro, Montalbano pensou: "Vai saber há quanto tempo aquele coitado não se lava." Quando terminou, voltou para a varanda. Chovia de dar gosto.

— Quer tomar uma ducha?

O homem olhou para ele, pasmo.

— Está falando sério?

— Sério.

— É meu maior sonho, sabia? O senhor não imagina como lhe serei grato.

Pois é, aquele homem falava bem demais para ser o que parecia. O desconhecido se abaixou para pegar o saco e foi atrás do comissário. Mas, se era alguém instruído, educado, como é que tinha ficado reduzido àquilo?

O homem saiu do banho de camisa trocada, se bem que com os punhos e o colarinho esgarçados. Sorriu para Montalbano.

— Estou me sentindo mais jovem.

Depois, fazendo uma meia reverência:

— Com licença. Meu nome é Savastano.

— Prazer. Montalbano — disse o comissário estendendo a mão.

O outro, antes de apertar a mão do comissário, fez um gesto instintivo: esfregou a palma da mão na calça, como se fosse limpar. Sorriu de novo, faltava um dente da frente.

— Conheço o senhor, sabia? Uma noite, num bar, eu o vi na televisão.

— Olhe — cortou Montalbano. — Preciso ir trabalhar.

O homem pescou na hora. Se abaixou para pegar o saco e saiu para a varanda.

— Comissário, o senhor se incomoda se eu ficar aqui até a chuva parar? A minha, digamos, habitação fica bem perto, mas com essa chuva... Pode fechar a porta.

— Escute, se quiser, lhe dou uma carona.

— Obrigado, mas seria difícil.

— Por quê?

— Porque eu moro numa gruta no meio da subida do morro de marga que fica bem atrás de sua casa.

Claro, ficar dentro de uma gruta era bem melhor do que se deitar coberto de papelão debaixo da arcada da prefeitura.

— Fique o tempo que quiser. Até logo.

Tirou a carteira do bolso, pegou uma nota de vinte euros e ofereceu ao homem.

— Não, obrigado, o senhor já fez muito por mim — recusou ele, decidido.

Montalbano não insistiu.

Fechando a porta-balcão, ouviu que o homem tinha voltado a assobiar.

Que tinha talento, isso tinha. Quase que nem o rouxinol do sonho.

Assim que pôs o pé no comissariado, Catarella pousou o fone no gancho e exclamou:

— Ah dotor doutor! Eu tava pra ligar justo pro senhor vossenhoria na sua casa!

— O que aconteceu?

— Um sassinato aconteceu! Fazio saiu agorinha mesmo pra ir no local! Ele queria que o senhor vossenhoria também fosse no local junto com ele no local! É por isso que eu estava pra telefonar pra o senhor na sua casa logo de manhã!

— Está bem, onde é o local?

— Eu escrevi num papel. Tá aqui. Villino Pariella, distrito Tosacane.*

— E onde fica esse Villino Pariella?

— No distrito Tosacane, dotor.

— Sim, mas onde fica esse distrito?

— Sei não.

— Escute, ligue para o Fazio e me passe a ligação.

Seguindo as instruções de Fazio, chegou ao Villino Mariella (Catarella nunca conseguia dizer um nome corretamente) depois de quarenta e cinco minutos de carro, porque o trânsito estava intenso, e a água que não parava de desabar do céu diminuía a velocidade de todo mundo.

---

* Literalmente, tosa-cão. [N. T.]

A casa, assobradada, ficava bem de frente para a rua que beirava a praia. O portão estava aberto e, debaixo do coberto, ao lado de outros dois carros, estava o da polícia. Como não queria se molhar e continuava chovendo canivete, ele também entrou com o carro e estacionou ao lado dos outros.

Estava descendo quando viu Fazio aparecer na porta.

— Bom dia, doutor.

— Você acha que o dia está bom?

— Acho não, mas é assim que se costuma dizer.

— O que aconteceu?

— Mataram o dono da casa, o contador Cosimo Barletta.

— Quem está aí dentro?

— Gallo, o morto e o filho Arturo, que foi quem encontrou o pai assassinado.

— Avisou todo mundo?

— Avisei, sim. Faz cinco minutos.

Entrou na casa e Fazio entrou atrás.

No primeiro aposento, até grandinho, que logo se via ser uma sala de jantar, estavam Gallo e um sujeito de uns quarenta anos, de óculos, magro e anônimo, quer dizer, dono de uma daquelas caras que a gente esquece um segundo depois de ver, bem-vestido, perfeitamente arrumado, fumando e não parecendo nem um pouco aflito com o que tinha acontecido ao pai.

— Sou Arturo Barletta.

— Desculpe, quem é Mariella?

O outro olhou perplexo para ele.

— Não sei... não saberia...

— Desculpe, perguntei porque, como esse é o nome da propriedade...

Arturo Barletta deu um tapa na testa.

— Olhe, numa hora destas a gente não... Mariella era o nome da minha saudosa mãe.

— Falecida?

— Sim. Cinco anos. Uma fatalidade.

— Que fatalidade?

— Morreu afogada no mar. Deve ter se sentido mal, nadando. Bem aqui em frente.

— Onde ele está? — perguntou Montalbano a Fazio.

— Na cozinha. Venha.

O salão tinha uma escadaria que levava para o andar de cima, à esquerda uma porta que dava para a cozinha e à direita outra porta que dava para o banheiro.

A cozinha era espaçosa, e os moradores da casa deviam ter o costume de comer ali.

Estava em perfeita ordem, com exceção de uma xícara entornada em cima da mesa, de onde tinha escapado um pouquinho de café que manchava a toalha.

O ex-contador Cosimo Barletta tinha sido morto enquanto estava sentado de lado, tomando um café que o assassino não lhe deu tempo de acabar.

Um único tiro na nuca, disparado a meio centímetro de distância.

Como se fosse uma execução.

Com o tiro, ele tinha caído da cadeira, e agora o cadáver estava deitado de lado no chão, com os pés embaixo da mesa. Para olhar a cara dele, o comissário precisou se deitar de barriga no chão. Mas pouca coisa se podia ver, porque a bala, entrando pelo cangote, tinha saído logo acima do nariz, levando embora um olho e parte da testa. Na certa o assassino, a não ser que fosse anão, tinha segurado a cano um pouco inclinado para cima, caso contrário a trajetória teria sido diferente.

Mas a quantidade de sangue no chão não era grande.

O comissário voltou para a sala de jantar.

Arturo não parava de fumar.

— Sente-se, por favor. Gostaria de lhe fazer umas perguntas.

— Às ordens.

— Fiquei sabendo que foi o senhor quem descobriu seu pai assassinado.

— Sim.

— Conte como foi.

— Moro em Montelusa e...

— Faz o quê?

— Trabalho como contabilista numa grande empresa construtora, a Primavera Siciliana. Conhece?

— Não. É casado?

— Sou.

— Tem filhos?

— Não.

— Continue.

— Eu falava todo dia por telefone com meu pai. Ele me ligou ontem à noite para me avisar que vinha dormir aqui porque hoje de manhã queria dar uma ordem na casa.

— Em que sentido?

— Bom, o verão acabou, então...

— No inverno nunca vinha?

— Vinha, sim! Todo sábado. Mas, como minha irmã tinha passado os últimos tempos aqui com os dois filhos, talvez tivessem desarrumado um pouco, e o meu pai...

— Como se chama sua irmã?

— Giovanna. É casada com um representante comercial e também mora em Montelusa.

— Continue.

— Pois então, meu pai me telefonou ontem à noite e...

— A que horas?

— Pouco depois das nove. Já tinha jantado na casa dele em Vigàta e...

— Tinha casado de novo?

— Não.

— Morava sozinho?

— Sim.

— Quantos anos tinha?

— Sessenta e três.

— Continue.

— O que eu estava dizendo? Olhe, desculpe, o senhor me interrompe o tempo todo, então eu...

— Estava dizendo que seu pai telefonou depois das nove.

— Ah, isso. E me disse que ia dormir aqui. Então eu disse que hoje de manhã viria ajudá-lo.

— Com sua esposa?

Arturo Barletta pareceu um bocadinho sem jeito.

— Com a minha esposa meu pai não...

— Entendo. E aí?

— Hoje cheguei às oito da manhã e...

— De carro?

— Sim. Aquele verde. O vermelho é do meu pai. A porta estava fechada. Abri com a minha chave e...

— Sua irmã também tem chave?

— Tem, acho que tem.

— Entrando, não notou nada de estranho?

— Não... Desculpe, sim.

— O quê?

— Que as janelas estavam fechadas, e a luz, acesa. Mas achei que meu pai ainda estava dormindo e que tinha se esquecido de apagar a luz. Subi, a cama estava desarrumada, mas ele não estava. Então desci, entrei na cozinha e o vi.

— O que fez?

— Não entendi.

— O que fez? Gritou? Correu até seu pai para ver se ainda estava vivo? O que mais?

— Não lembro se gritei. Mas tenho certeza de que não toquei no meu pai.

— Por quê? Acho que é instintivo.

— É, mas, veja, foi suficiente me abaixar e olhar para... Estava sem metade da cara, então logo percebi que ele não...

— Diga o que fez.

— Saí correndo da cozinha. Não suportava a... Vim para cá e liguei para vocês.

— Com aquele? — perguntou Montalbano apontando para o telefone que estava em cima de uma mesinha.

— Sim.

— O senhor me disse que, assim que entrou, notou a luz acesa. Lembra se na cozinha também estava acesa?

— Parece que sim.

— Só podia estar acesa, uma vez que as venezianas estão fechadas.

— Devia estar acesa.

— Vamos lá em cima? — disse Montalbano a Fazio.

Subiram as escadas.

No andar de cima havia dois quartos de casal e um de solteiro, este com beliche e banheiro. O primeiro quarto de casal estava com a cama desarrumada, como Arturo tinha dito.

Mas ele tinha se esquecido de dizer que era evidente que naquela cama haviam dormido duas pessoas.

Os outros dois quartos estavam arrumados, mas no banheiro as duas toalhas de banho brancas ainda estavam úmidas. Duas pessoas tinham tomado banho.

Desceram para a sala de jantar.

— Seu pai tinha uma amante?

— Que eu saiba, não.

— O fato é que esta noite alguém dormiu com ele. Não viu a cama?

— Vi, mas não prestei atenção.

— Escute, não se ofenda, mas a pessoa que dormiu com seu pai não precisa necessariamente ser mulher.

Arturo Barletta ensaiou um sorriso.

— Meu pai só gostava de mulher.

— Mas o senhor acabou de dizer que ele não tinha amante!

— Porque achei que o senhor estava falando de amante fixa. Ele era... enfim, não deixava escapar nenhuma, se pudesse. E gostava das novinhas. Minha irmã brigou muitas vezes com ele por causa disso.

— O que seu pai fazia?

Arturo Barletta teve uma ligeira hesitação.

— Tanta coisa.

— Diga alguma.

— Bom... tinha uma serraria... era sócio num supermercado... tinha uns dez apartamentos alugados em Vigàta e em Montelusa...

— Então era rico.

— Eu diria que bem de vida.

— Poderia dar uma olhada no ambiente e dizer se está faltando alguma coisa?

— Fiz isso enquanto estava esperando vocês. Não parece estar faltando nada.

— Ele tinha inimigos?

— Bom... eu não diria que não.

— Por quê?

— Meu pai não tinha temperamento fácil. E, quando se tratava de negócios, não tinha contemplação para ninguém.

— Entendi.

Fez uma pausa, depois se dirigiu a Fazio.

— Sinais de arrombamento na porta ou nas janelas?

— Nenhum sinal, doutor.

— Então foi meu pai mesmo que abriu — interveio Arturo.

Montalbano olhou para ele, pensativo.

— Acha mesmo? Quem abriu pode ter sido a pessoa que dormiu com seu pai. E também não se pode excluir a possibilidade de o assassino ter a chave.

O outro não replicou.

— Deixe com Fazio o seu endereço e o de sua irmã — disse o comissário.

E depois, para Fazio:

— Eu volto para o comissariado. Fique aqui você, esperando o promotor e os outros. A gente se vê mais tarde. Tenham um bom dia.

A chuva estava mais forte que antes.

Dois

— Diga para o doutor Augello ir falar comigo — disse o comissário, passando pela frente de Catarella, que estava no cubículo que servia como baia e central de PABX. Num pulo, Catarella ficou de pé em posição de sentido.

— Não se encontra no local, dotor.

— Mas foi visto hoje de manhã?

— Foi visto e desvisto, dotor, um raio relampagueante de relâmpago pareceu, por causa que logo que chegou saiu. Por obrigação.

— Em que sentido?

— No sentido que telefonaram aqui na central do comissariado por causa que estavam pedindo socorro urgente urgentissimamente por causa que estava acontecendo um estrupo de gato.

— Estavam estuprando um gato?

— Positivo, dotor.

Mas será possível?

— Tem aí a gravação do telefonema?

— Natural, dotor.

— Deixe ouvir.

Catarella manejou as teclas e, em certo momento, brotou a voz excitada de uma velhota telefonando porque estava vendo um estupro no ato.

Em certo sentido e embora sempre sentisse ganas de matar os estupradores quando caíam nas suas mãos, o comissário se tranquilizou.

Se tivesse sido mesmo de um gato, seria o caso de dizer que a humanidade estava acelerando perigosamente aquela viagem começada com grande brilhantismo havia muito tempo, em direção à mais absoluta demência.

Entrou na sala, se sentou e ficou olhando, desanimado, a enorme pilha de papéis para assinar em cima da escrivaninha.

Veio-lhe a ideia de que a burocracia do mundo na certa estava contribuindo para o fim do referido mundo: quantos milhares de milhares de florestas tinham sido derrubados, em todos os tempos, para produzir o papel necessário aos trâmites burocráticos inúteis?

E não responder logo a uma carta da administração era pior, porque com certeza iam mandar outra carta de solicitação do processo não liberado. Não liberado! Se respondesse, o processo seria liberado.

Exatamente a palavra usada para dizer libertar. Portanto, a burocracia podia ser comparada a um universo carcerário, a uma espécie de imenso campo de concentração. Por isso um verdadeiro revolucionário como Che Guevara tinha tanta birra da burocracia!

Conformado, pegou a caneta e a pasta que estava em cima de todas.

Lá pelo meio-dia, já com o braço adormecido de tanto assinar, pediu a Catarella que ligasse para o celular de Fazio.

— Onde você está?

Antes de responder, Fazio deu um longo suspiro.

— Ainda aqui na casa de praia, doutor.

— Como assim todo esse tempo?

— Alô, doutor?

— Alô! O que foi, não está ouvindo?

— Espere um pouco, vou lá fora, aqui dentro não pega bem.

Desculpa, na certa não queria ser ouvido pelas pessoas que estavam na sala.

— Alô, doutor?

— Alô, diga.

— O promotor Tommaseo chegou faz cinco minutos. Bateu com o carro numa bomba de gasolina. E, como quebrou os óculos na batida, depois da bomba foi dar de frente num caminhão parado na área de estacionamento.

Era mais que sabido que Tommaseo, no volante, representava um verdadeiro perigo público. Mesmo andando a dez quilômetros por hora era capaz de fazer estragos.

— Não digo as pragas e os xingamentos do doutor Pasquano, que precisou ficar esperando o promotor para retirar o cadáver!

— Escute, Arturo Barletta deixou os endereços com você?

— Deixou, sim.

— Telefone para a irmã dele. Como é que ela se chama mesmo?

— Giovanna.

— Diga para ela vir ao comissariado hoje às quatro.

Tinha acabado de desligar, Mimì Augello, o subcomissário, entrou.

— Que história de estupro foi aquela?

— Uma senhora, uma tal de Assuntina Naccarato, avistou da janela da casa dela um sujeito tentando violentar uma garota, que chorava desesperada, dentro do quarto da casa da frente, e ligou para cá.

— Naturalmente você chegou tarde.

— Tardíssimo. O estuprador tinha feito o que bem queria e escapado. A menina, sempre chorando, disse que não tinha conseguido reconhecer o estuprador porque era um negro que ela nunca tinha visto antes, e que ele tinha entrado na casa aproveitando a porta aberta.

— Interrogou a vizinha?

— A Naccarato? Claro.

— Ela confirmou?

— De jeito nenhum! Dona Assuntina afirmou que o estuprador não só não era negro coisa nenhuma como era branco e ela reconheceu muito bem.

— Explique melhor.

— De acordo com dona Assuntina, seria, como dizer, um estupro habitual.

— Como habitual? — perguntou Montalbano espantado.

— Deixe explicar. De uns três meses para cá, o tio da garota, irmão do pai, aparece toda semana na casa, quando não tem ninguém, e se aproveita dela. É bom saber que a garota é meio retardada. Mas dessa vez ela estava tão rebelada que dona Assuntina se sentiu na obrigação de ligar para cá.

— E das outras vezes, por que não telefonou?

— Diz que não queria se meter. Mas dessa vez a garota gritava feito louca, portanto...

— Dá pra ver que a moral dessa senhora Naccarato é movida a decibéis. Uma coisa é estranha!

— O que é estranho?

— Que o estuprador não seja um imigrante.

— O que é que você está dizendo?!

— Não sou eu que digo isso. Ontem à noite mesmo ouvi o diretor de um telejornal dizer que os italianos estão errados em massacrar um congolês ou em mandar um chinês para o hospital, mas que é preciso ter em mente que todos, e enfatizou o "todos", os estupros contra mulheres italianas são cometidos por imigrantes. E agora?

— Significa que no boletim devo escrever que Antonio Sferlazza, esse é o nome do tio, tem distantes origens magrebinas — disse Augello.

— Prendeu o cara?

— Prendi.

— Está onde?

— Aqui, na cela de segurança. Espero que seja levado pelo pessoal da prisão de Montelusa. Trago o cara aqui?

— Nem sonhando. Eu ia ter vontade de arrebentar os dentes dele a pontapés.

Foi para o restaurante de Enzo. Constatando e considerando que ia mesmo continuar chovendo até a noite, e que, portanto, ele não ia conseguir dar o costumeiro passeio digestivo-meditativo pelo cais até o farol, decidiu comer pouco.

— O que vai querer?

— Enzo, quero me sentir leve. Nada de prato principal. Traga...

— Que pena!

— Por quê?

— Porque a minha mulher hoje fez espaguete com mexilhões e vôngoles e teve a boa ideia de pôr uma pitada de pimenta-malagueta e outro tempero que ela não quis dizer qual é. Pode acreditar? Um milagre!

— Então traga — disse o comissário sem vacilar.

Conclusão, comeu mais que de costume.

Mas, saindo do restaurante, ele se sentiu mais disposto a enfrentar o restante daquele dia cinzento e encoberto.

No comissariado, encontrou Fazio.

— Foi comer?

— Fui, sim.

— Então sente aí. O que o Pasquano disse?

— Sabe como é o médico, certo? Dessa vez, por causa do atraso do promotor, o mau humor de sempre foi a mil.

— Imagino.

— Absolutamente impossível dirigir a palavra a ele, se eu tivesse tentado, era capaz de me morder feito cachorro louco.

— Amanhã telefono ou vou falar com ele. Tomara que hoje à noite ele ganhe no pôquer do clube, assim fica mais bonzinho. Agora me diga o que mais aconteceu, além das grosserias do Pasquano.

— Doutor, no meio do lado da cama ocupado por Barletta, a perícia encontrou três fios de cabelo de mulher, comprido e loiro natural.

— Mas não deveriam estar no travesseiro ao lado do de Barletta?

Fazio ficou sem jeito.

— Doutor, dá pra perceber que a mulher não estava no lado dela porque... estava com o rosto em cima da barriga de Barletta, e ele, provavelmente, apertou a cabeça dela com força e arrancou os fios de cabelo... fui claro?

— Perfeitamente claro.

— Depois o doutor Pasquano disse ao Arquà que queria uma análise do café entornado na toalha e do que tinha ficado misturado com açúcar dentro da xícara.

Montalbano estranhou.

— Explicou por quê?

— Explicou não.

— Mas, se Barletta foi morto com um tiro na nuca, o que o café tem com isso?

— Sei lá.

— Escute, quero que você fique aqui comigo quando a filha de Barletta chegar. Mas logo depois, assim que a gente acabar, você vai à caça. Quero saber tudo sobre o morto e o filho dele.

— Às ordens.

— E quero que você tente saber também quem era a mulher loira que se deitou com ele.

— Isso vai ser um pouquinho mais difícil.

— Mas tente assim mesmo.

Giovanna Barletta Pusateri era uma bela mulheraça de trinta e cinco anos que, sem nenhuma necessidade, fazia questão de parecer alguns aninhos mais nova. Talvez desejasse que o tempo tivesse parado uns dez anos antes. Era loira, alta, com olhos de reflexos esverdeados, pernas compridas e elegantes nos jeans de grife. Montalbano, que não esperava tanto, ficou uns minutinhos olhando para ela embasbacado. Até Fazio estava claramente admirado.

Ao contrário do irmão Arturo, era evidente que ela sentia muito a morte do pai: seus olhos estavam úmidos, e as mãos, trêmulas. Mas se controlava.

Assim que se sentou, o comissário lhe perguntou:

— Por que seu marido não veio?

Giovanna pareceu surpresa.

— Ninguém me disse que ele precisava vir também. Além disso...

Montalbano olhou interrogativo para Fazio, que abriu os braços.

— Doutor, o senhor não me disse que...

— Tudo bem, tudo bem, falo com ele amanhã de manhã.

Giovanna acenou que não com a cabeça.

— Ia dizer exatamente isso. Carlo não está em Montelusa. Está por aí, tratando de negócios. Viajou e volta depois de amanhã.

— Vocês têm filhos?

— Dois. Um de treze e um de onze anos.

— Quando viu seu pai pela última vez?

— Uma semana atrás. Eu vinha para Vigàta uma vez por semana, em geral nos dias em que Carlo seguramente não está.

— Nesses dias, sem seu marido, a senhora tinha mais tempo à disposição?

— Não só isso, comissário, é que Carlo e meu pai não... não se davam, pronto.

— Pode dizer por quê?

— Eu me casei com Carlo contra a vontade de meu pai. Aliás, vou dizer tudo antes que o senhor fique sabendo de outras pessoas. Quando eu tinha vinte anos, saí da casa dos meus pais para ir morar com Carlo. Meu pai estava irredutível, dizia que Carlo era um inútil, então eu não tinha outra escolha. Nós nos casamos dois anos depois, mas meu pai não foi ao casamento. Mais tarde finalmente me perdoou, e voltamos a nos ver. Às vezes eu ficava para dormir na casa dele.

— E os meninos?

— Ficam com a babá.

Babá? E aquela roupa de grife? Quanto podia ganhar um representante comercial? — foi a pergunta que passou como um raio pela cabeça de Montalbano.

— Escute, quem lhe deu a notícia?

— Da morte de meu pai? Arturo, naturalmente.

— Quando?

— Hoje de manhã, não lembro bem a que hora. Deviam ser umas sete e meia.

— Tem certeza?

— Bom, uns minutos a mais, uns minutos a menos. Gianni e Cosimo, os meus filhos, tinham acabado de tomar o café da manhã.

— Entendi. Sabe se seu pai tinha inimigos?

— Claro que tinha.

— Dê alguns nomes.

Ela deu um sorriso amarelo. Era de fato uma bela mulher, com uma boca que de repente inspirava certas ideias.

— Acho que a lista seria longa. Meu pai não... não tinha um bom gênio e, além disso, nos negócios, não era de muitas sutilezas.

Quase as mesmas palavras do irmão Arturo.

— E as relações com seu irmão, como eram?

— Antes eram ótimas. Depois, três anos atrás, houve um desentendimento.

— Sabe por qual motivo?

— Claro. O testamento.

— Como foi?

— Um domingo, era verão, meu pai convidou Arturo e a mim para almoçarmos na casa de praia. Não quis que eu levasse os meninos. No fim, comunicou que tinha a intenção de fazer testamento. E adiantou que o quinhão maior da herança ficaria comigo. Arturo reagiu mal, pediu explicações. E meu pai respondeu que tinha tomado aquela decisão porque eu tinha dois filhos e ele não. Arturo se levantou da mesa e foi embora. Depois fizeram as pazes, mas as relações deles nunca mais foram as mesmas.

— E sabe se ele fez o testamento ou não?

— Sinceramente não sei.

— Ele tinha algum tabelião?

— Tinha, um grande amigo dele. O tabelião Piscopo, de Montelusa.

— Preciso enfrentar um assunto delicado. Seu pai tinha alguma amante?

— Não.

— Depois da trágica morte da esposa, na sua opinião, ele não teve mais...

Giovanna deu um sorriso mais amarelo que o anterior.

— Não estou dizendo isso. Meu pai era um homem fogoso, cheio de vida. Não tinha uma amante fixa, é isso. Mas namoradinhas ele tinha, e como!

Mais uma vez, irmão e irmã estavam dizendo a mesma coisa.

— Namoradinhas?

— É, ele gostava das novas.

— Novas quanto?

— Não tenha ideias falsas. Ele não era um pedófilo. Gostava das de vinte anos.

— Citou algum nome?

— Anna, Giuliana, Vittoria...

— Desculpe, mas por que moças tão novas andavam com um homem tantos anos mais velho?

— Meu pai, sem a menor dúvida, tinha o fascínio do homem maduro. Fazia questão de estar sempre em forma, vestia-se bem. Além disso...

— Diga.

— Era extremamente generoso com elas. Muitas vezes Arturo brigava com ele exatamente por...

Interrompeu-se de repente.

— Continue.

— Não gostaria de criar nenhum equívoco.

— Não vou me equivocar.

— Eram brigas familiares dessas bem comuns. Não eram propriamente quebra-paus. Arturo o reprovava por desperdiçar dinheiro com as garotinhas.

— E seu pai?

— Meu pai respondia que não se preocupasse, porque depois da sua morte ele não iria encontrar o cofre vazio. Mas Arturo receava outra coisa e queria que eu fosse aliada dele. Mas eu nunca quis me intrometer.

— Qual era o receio de seu irmão?

— Que meu pai ficasse enrabichado por alguma dessas moças.

— E aí?

— Vou explicar melhor. Tinha medo que meu pai se apaixonasse e mudasse o testamento. Dizia que, se isso acontecesse, eu também perderia a herança.

— Entendi. Preciso lhe dizer que na última noite seu pai não estava sozinho na casa de praia.

— Ah, não?

— Não.

— E quem estava lá?

— Uma loira.

— Como perceberam?

— A perícia encontrou fios de cabelo loiro de mulher na cama.

— Mas não podiam estar lá já antes?

— Explique melhor.

— Meu pai não tinha nenhuma mulher para limpar a casa de praia. Ou tinha no máximo uma que ia limpar a casa de vez em quando no inverno. Ele cuidava de tudo e precisava arrumar a cama pessoalmente. Muitas vezes só puxava o lençol. Então esses fios de cabelo não são necessariamente da última noite, quer dizer, de ontem.

Raciocínio impecável.

— Além disso, por que seria tão importante? — continuou ela. — Acabei de lhe dizer que meu pai...

— É importante. Como não há sinal de arrombamento, pode ter sido essa mulher que abriu a porta para o assassino.

Giovanna arregalou os olhos.

— Acha mesmo?

— É uma possibilidade.

— Credo, que coisa horrível!

— Sabe quem tinha relações com seu pai ultimamente?

— Não gostaria de cometer nenhum engano, mas há pouco menos de dois meses eu estava lá, o telefone tocou e fui atender. Era uma voz jovem, disse que se chamava Stella e que queria falar com meu pai.

— Ouviu alguma coisa?

— Não pude evitar. Meu pai disse que naquela noite esperaria como sempre, na mesma hora. E desligou.

— Não sabe mais nada sobre essa Stella?

— Sei. Perguntei brincando a meu pai quem era a nova paixão. E ele respondeu que era uma estudante de medicina que morava com os pais aqui em Vigàta. Não tenho como lhe dizer mais que isso.

Montalbano se levantou. Fazio fez o mesmo.

— Obrigado, a senhora foi muito útil. Se precisar de mais alguma coisa, chamo de novo. Fazio, acompanhe a senhora.

Senhora que, vista por trás, não perdia nada. Muito pelo contrário. Fazio voltou.

— Sabe qual a primeira coisa que você precisa fazer?

— Sei, sim.

— Diga o que é.

— Descobrir o sobrenome da tal Stella estudante de medicina.

Três

Tinha parado de chover, mas a umidade lá de fora penetrava nos ossos.

Não era o caso de comer na varanda, por isso ele ficou um tempinho olhando o mar. Bem lá no fundo luzia alguma rara lanterna de pesqueiro, porque os peixes agora ficavam longe da terra fedorenta e poluída. Depois entrou e aprontou a mesa na cozinha.

Adelina, a empregada, tinha deixado para ele na geladeira um prato fundo com salada de frutos do mar, que dava para três pessoas ou mais. Traçou tudo com conscienciosa aplicação e, como no fim ainda tinha apetite, fez um bom purê de azeitonas pretas e pão e foi comer em pé, encostado à soleira da porta-balcão. Após um dia de trabalho, sempre sentia necessidade de limpar os pulmões e a mente respirando o ar marinho.

Depois, deixando a porta-balcão entreaberta, foi se sentar no sofá e ligou o televisor. Zapeou os canais até topar com um filme que já tinha visto, mas de que gostava muito, *Vício frenético*. Viu de novo e depois passou para o noticiário da Televigata.

Naturalmente, a notícia mais importante era o assassinato de Barletta. Durante o noticiário, não disseram nada que o comissário já não soubesse.

A única novidade foi a entrevista final, com o filho Arturo. Este não fez nada além de repetir o que já tinha lhe contado. Mas a certa altura, quando o entrevistador perguntou se ele tinha alguma ideia de quem seria o possível autor do crime, a resposta foi a seguinte:

Oficialmente, havia quatro pares de chaves da casa: um está comigo, o segundo fica com minha irmã, o terceiro foi encontrado no bolso do meu pai e o quarto, de reserva, está na casa da cidade. Eu mesmo verifiquei isso. Como o assassino entrou sem arrombar a porta, as possibilidades são duas. Ou o assassino usou um dos quatro pares de chaves ou meu pai abriu para ele.

Nesse ponto o entrevistador fazia cara de espanto e dizia:

Desculpe, mas, de acordo com suas palavras, excluindo-se a hipótese de seu pai ter aberto a porta, a conclusão é de que as suspeitas recairiam forçosamente no senhor e na sua irmã?

Arturo o interrompeu sorrindo.

Percebo muito bem isso, mas as coisas são assim. No entanto, isso não exclui a possibilidade de existirem cópias das chaves que meu pai tenha mandado fazer e dado a pessoas estranhas à nossa família.

O entrevistador:

E por que ele teria mandado fazer essas cópias?

E Arturo, abrindo os braços:

Não sei.

Ficou uma meia hora rodando pela casa à espera da ligação de Livia, que chegou quando faltava pouco para a meia-noite.

A voz estava alegre.

— Salvo, escute. Por um acaso totalmente inesperado, eu vou conseguir passar uns dias aí. Posso chegar depois de amanhã. O que acha?

— Estou esperando de braços abertos. Mas neste exato momento não posso dizer se vou ter tempo de ir buscá-la em Punta Raisi.

— Está com muito trabalho?

— Hoje de manhã descobriram um crime.

— Uma mulher?

— Não, um homem. Por que achou que a vítima seria mulher?

— Porque na Itália está na moda matar mulher. Você conhecia o homem?

— Não. De qualquer modo, acho que nos próximos dias vou estar muito ocupado.

— Não faz mal, se à noite você voltar para casa, está bom.

— Isso você pode apostar. Sabe, hoje de manhã me aconteceu uma coisa engraçada. Eu estava sonhando. Você e eu estávamos...

E contou, com todos os detalhes, a história do andarilho na varanda e da forte impressão que ele lhe tinha causado.

— Recusou o dinheiro que você queria dar?

— Sim.

— Como é?

— Não entendi.

— Alto, baixo, magro, gordo...?

— Tem mais ou menos o meu corpo.

— Escute, você tem no mínimo duas camisas que nunca usou porque foram dadas por Adelina, de acordo com o gosto dela. E tem também um terno, aquele marrom, que você não quis mais usar porque o paletó tem uma mancha na manga esquerda. E também um par de sapatos, aqueles ingleses, que você diz que machuca... Embrulhe tudo e leve ali na gruta.

Só havia um problema.

— Tudo bem. Mas as camisas da Adelina, não.

— Por quê? Agora está gostando delas? Mudou de gosto?

— Não mudei de gosto, mas, se Adelina perceber que dei as camisas, vai ser um perrengue.

— Como é que é?

— Que Adelina vai ficar zangada.

— E deixe que ela fique zangada! Você deixa essa mulher fazer tudo o que quer!

As duas mulheres não se tragavam, não se suportavam. Tanto que, quando Livia chegava, Adelina desaparecia e só reaparecia depois de Livia ir embora.

— Escute, Livia.

— Não quero saber! É só tocar na sua querida Adelina que você...

— Que é isso, Livia, deixe de ser boba!

— Bobo é você! Não está percebendo que a deixou virar dona da nossa casa!

— Mas deixe de falar bestice!

— Como é que é?!

Quando chegavam a esse ponto a coisa só podia terminar em pendenga. E em pendenga de fato terminou.

Quando desligou, foi abrir o guarda-roupa. Pegou o terno marrom e uma camisa que tinha a intenção de não vestir mais e pôs tudo em cima da cama.

Depois passou ao banheiro, tirou os sapatos ingleses da sapateira e enfiou num saco plástico. Em seguida, pôs tudo dentro de uma sacolona de papelão, daquelas que Adelina juntava e guardava no armário da área de serviço.

Aí fechou a porta-balcão, se enfiou debaixo do chuveiro e finalmente foi dormir.

A manhã apareceu tão clara e luminosa que parecia estar pedindo perdão por todo o cinzento do dia anterior.

Quando saiu de casa com a sacola na mão, ficou olhando o morro de marga branca que existia do lado de lá da estrada para Vigàta. Quase na mesma hora percebeu a gruta no meio da subida. Dava para chegar lá por uma trilha estreita, que não era tão ladeirenta.

Montalbano atravessou a estrada com alguma dificuldade por causa do trânsito que já tinha começado, subiu seguindo pela trilha, parou na frente da entrada da gruta.

— Alguém aí?

Não teve resposta. Entrou abaixado.

Dentro, a luz mal e mal permitia ver que o homem não estava. Ou não tinha voltado ou já tinha saído.

A gruta tinha sido mobiliada: havia uma esteira de palha para dormir, uma mesinha quebrada, uma cadeira de palha meio afundada e um lampião. Num canto, diversas caixas de papelão amarradas com fita durex. O comissário pôs a sacola em cima da mesinha, voltou pela trilha, atravessou a estrada, pegou o carro e se foi.

Tinha sentado naquela horinha mesmo em sua sala e estava olhando desanimado para a pilha de papéis, que misteriosamente estava mais alta do que lembrava, quando o telefone tocou.

— Ah dotor! Acontece que está aqui uma moça que gostaria de falar com vossenhoria em pessoa pessoalmente e diz que é uma questão de urgência urgentilíssima.

— Disse como se chama?

— Disse, sim, mas não entendi direito. Disse que ela, a moça, tem o nome da irmã.

— Como? E ela não tem nome?

— Tem não, dotor. Usa o da irmã.

— Tá bom. Manda entrar.

A moça que entrou tinha uns vinte anos, estatura mediana, cabelo loiro e comprido, carinha de anjo, e o resto do corpo inspirava pensamentos menos angelicais. Dava para ver que estava apavorada.

— Sente-se, senhorita...

— Stella Lasorella.*

Stella! A moça sobre quem Fazio naquele momento procurava informações!

— Estudante de medicina? — perguntou.

Ela, que já estava corada por causa da emoção, ficou vermelha como fogo.

— Estou vendo que já sabe — disse baixando os olhos para o chão.

E, de repente, começou a chorar.

Montalbano se levantou, foi fechar a porta à chave, pegou a garrafa de água de cima do arquivo, encheu um copo, entregou a ela, voltou a se sentar. Ela bebeu a metade de um gole.

— Posso pôr em cima da escrivaninha?

— Claro.

— Des... desculpe o...

— Não se preocupe. Fale só quando sentir vontade.

A moça tirou um lenço do bolso da calça, enxugou os olhos, assoou o nariz. Começou.

— Ontem à noite, na televisão... ouvi que na cama tinham encontrado cabelos loiros... É verdade?

---

* Lasorella: *La (a)* + *sorella* (irmã). [N. T.]

Não tinha citado nomes.

— É.

— Vim aqui dizer que não são meus. Decidi vir pessoalmente... para evitar que... não são meus. Podem fazer todas as análises que quiserem.

— Então não foi a senhora que dormiu com Barletta na última noite?

— Não.

Decidida e segura, olho no olho.

— Quando esteve pela última vez na casa de praia?

— Só fui uma vez, ele quis que o nosso primeiro encontro fosse lá. Depois não voltei mais, até porque o verão chegou, e ele não queria correr o risco de ser surpreendido pelo filho ou pela filha, que tinham as chaves.

— A propósito das chaves, Barletta não lhe deu uma cópia?

— Não.

— Onde costumavam ocorrer seus encontros?

— No apartamento dele. Era mais fácil.

— Explique melhor.

— Eu e meus pais moramos no mesmo prédio de Barletta. Que é inteiro dele. Alugamos um apartamento no terceiro andar, ele morava no segundo. Quando queria que eu fosse lá, punha o capacho de certo jeito na frente da porta. Eu entendia, fazia o que precisava fazer em casa, depois descia para o apartamento dele assim que meus pais pegavam no sono.

— Seus pais nunca desconfiaram?

— Nunca! E estou apavorada com a ideia de poderem... Não pode dar um jeito de meu nome não...

— Vou fazer o possível. Mas tem condições de provar que na outra noite não estava na casa de praia?

— Acho que sim.

— Diga como.

— Às nove da noite eu tinha um encontro com Giulio, meu namorado. Fomos antes comer uma pizza com um casal de amigos, Antonio Burgio e Paola Nicotra, eles podem ser testemunhas, eu lhe dou os endereços e os números de telefone. Depois fomos os quatro ao cinema e saímos meia-noite passada. Como não tínhamos sono, fomos a uma danceteria. Voltei para casa às três da madrugada. Isso basta?

— Tem carro?

— Não.

— Acho que pode ser suficiente.

A moça deu um longo suspiro de alívio.

— Gostaria de lhe fazer uma última pergunta — disse Montalbano sem tirar os olhos de cima dela. — Ama o seu namorado?

A pergunta pegou a moça desprevenida. A cara dela voltou a pegar fogo.

— Sim.

— Então por quê?

Era como se ele tivesse dado uma paulada na cabeça dela. A moça mudou da água para o vinho, deu de tremer sem parar, tentou falar, mas não conseguiu, apertou os punhos com força contra as bochechas.

Umas gotas bem grandes de suor começaram a brotar da testa dela. Montalbano ficou com medo de que a moça fosse ter um chilique.

Aí ela falou com os dentes bem apertadinhos, com uma voz baixa e abafada.

— Vai acreditar se eu disser que, quando fiquei sabendo que ele tinha sido assassinado, comecei a pular de alegria? Agradeci mentalmente ao assassino por ter me devolvido a liberdade.

O tremor tinha ficado mais forte.

Montalbano se levantou, foi ficar ao lado dela e lhe deu o resto de água para beber, quase forçando a moça a abrir os dentes, depois se sentou na outra cadeira, começou a acariciar a testa dela bem de leve, afastando o cabelo que a cobria.

Ela, que estava com os olhos arregalados, foi abaixando bem devagarinho as pálpebras.

Depois, deu um suspiro bem fundo, mais outro, pegou os pulsos de Montalbano e os virou, passou as palmas das mãos dele no seu próprio rosto, como se fizesse uma carícia, e os largou.

— Obrigada.

O comissário entendeu que a crise tinha passado. E Stella começou a contar com voz normal.

— Há quatro meses meu pai foi demitido da firma onde trabalhava. O dinheiro do auxílio-desemprego não dava para me manter em Palermo, na universidade. Então, sem dizer nada à minha mãe e a mim, ele foi falar com Barletta para pedir uma prorrogação no pagamento do aluguel. Tinha a esperança de logo encontrar outro emprego. Mas Barletta, como era de se prever, negou. Disse que ia despejar a gente se ele não pagasse no prazo. Então meu pai, desesperado, nos contou tudo. Uma noite Barletta me encontrou na escada e me parou. Fez a proposta que o senhor pode imaginar. Na prática, ia me pagar com o equivalente do dinheiro do aluguel, que depois meu pai, sem saber de nada, devolveria a ele.

— E como a senhora justificava o dinheiro ganho para seu pai?

— Eu disse que tinha conseguido uma bolsa de estudo. Meu pai, depois da demissão, não andava muito bom da cabeça e não fez muitas perguntas. Minha mãe é uma coitada que... Bom, felizmente, no mês passado, meu pai arranjou emprego. Mas Barletta queria continuar.

— Como?

— Fazendo chantagem.

— De que modo?

— Tinha tirado fotografias com o celular, às escondidas, enquanto eu estava... Ele me mostrou. E me ameaçou, dizendo que ia mandar as fotos aos meus pais e ao meu namorado se eu não... Disse que eu tinha de ficar à disposição dele até quando ele quisesse. Durante o último mês, consegui ficar sem me encontrar com ele. Mas não dormia à noite, com medo de que ele cumprisse a ameaça.

Ergueu os olhos para olhar o comissário. Concluiu:

— Se pudesse, ia cuspir no cadáver dele.

Montalbano pôs a mão sobre a sua boca, impedindo que ela continuasse falando. Levantou e lhe estendeu a mão.

Ela apertou, espantada.

— Pode ir.

Stella se abaixou rápido e beijou a mão dele, que ainda estava apertando.

Assim que a moça saiu, ele ligou para Catarella.

— Ligue para o celular de Fazio e...

— Peço a máxima compressão e perdão, dotor, mas por que que quer falar com ele no celular?

Mas que ousadia!

— Catarè, não me encha o saco, quando conseguir ligar, me passa.

— Vossenhoria é que manda.

Depois de um minuto o telefone tocou.

— Aqui é Fazio, doutor, diga.

— O que está fazendo?

— Estou verificando as anotações na...

— Deixe tudo e venha à minha sala.

Assim que acabou de pôr o fone no gancho, Fazio apareceu na porta. Montalbano olhou para ele, boquiaberto. Tinha vindo voando? Ou se trataria de um caso de transposição da matéria?

— Onde você estava?

— Na minha sala, doutor. Cheguei há cinco minutos, mas, como Catarella me disse que o senhor estava ocupado... Por que me ligou no celular?

— Nada, assim... de repente me deu vontade de falar com você no celular... certo? Vai reclamar? — disse o comissário com muita raiva.

Fazio olhou para ele como se tivesse ficado louco.

— Vossenhoria é o chefe.

Montalbano preferiu mudar de assunto.

— Sabe quem estava aqui comigo?

— Sei não.

— Stella.

Fazio arregalou os olhos.

— A mesma moça que...

— A mesma.

E contou tudo. No fim perguntou:

— E você, o que conseguiu saber sobre ela?

— Por enquanto, o sobrenome.

— Como foi?

— Aqui em Vigàta existe uma associação que reúne universitários. Só existe uma estudante de medicina, Stella Lasorella.

— Mais alguma coisa?

— Sim, sim. Todos dizem que é uma boa moça, séria. Namora um rapaz que se chama Giulio Marchica.

— Parece séria a mim também. Escute uma coisa. Tommaseo mandou lacrar o apartamento de Barletta na cidade também?

— Mandou.

— Quem está com as chaves?

— Eu.

— Vamos dar um pulo lá.

O apartamento era grande e estava razoavelmente arrumado. Um hall de entrada, uma sala, dois quartos de casal, um escritório, a cozinha, dois banheiros. No escritório, uma grande escrivaninha preta, oitocentista.

O comissário foi para lá sem hesitar.

Na primeira gaveta da direita, havia uns vinte envelopes pardos, daqueles chamados de comerciais. Em cada um deles estava escrito um nome de mulher, Rita, Giulia, Rosalba.

Pegou um ao acaso, tirou de dentro dele umas dez fotografias. Todas mostravam a mesma moça, nua, em posições obscenas ou enquanto transava com Barletta.

— Faça um favor, Fazio. Vá até a cozinha e veja se encontra uma sacola daquelas de compras.

Quando Fazio voltou com uma sacola de plástico, ele pôs dentro dela todos aqueles envelopes pardos.

— Vambora. Você leva esse treco para o comissariado. Continua levantando informação sobre os Barletta pai e filho. Eu vou comer. A gente se vê mais tarde.

Quatro

O passeio pelo cais até o farol, ele fez mais devagar que de costume, passo a passo, com paradas frequentes para olhar ora um pescador com vara, ora um barco pesqueiro voltando ao porto, porque lá no Enzo ele tinha enchido a pança de polvo *a strascinasali*, macio, macio, e todo mundo sabe que o polvo combate ferrenhamente dentro da barriga, antes de ser derrotado pela digestão.

Sentou na pedra achatada e se deixou aquecer pelo sol uns dez minutos. Depois acendeu um cigarro. Queria ficar uns minutinhos com a cabeça vazia de pensamentos. Não conseguiu, o cérebro é uma chatice de máquina que não só não para nunca como também obriga a gente a pensar o que ele quer. Não adianta a gente começar a lembrar um momento feliz da vida, porque nem cinco minutos depois o cérebro obriga a gente a pensar de novo o que não queria.

Depois ele começou a atirar pedrinhas numa poça de água entre duas rochas e ficou olhando os círculos concêntricos.

Até que disse para si mesmo que a pausa já tinha acabado e voltou com a mente ao assassinato do contador.

Os dois filhos de Barletta certamente não tinham traçado um retrato bonito do pai, tinham dito que era um mau-caráter que nos negócios não tinha lá muita sutileza.

Mas as pinceladas acrescentadas por Stella tinham agravado os traços do retrato: Barletta não era só um negociante sem escrúpulos como também um homem capaz de tirar proveito de uma moça em dificuldades e depois chantageá-la para ela continuar dormindo com ele.

Em termos simples, o número de pessoas que tinham motivo de ódio por ele devia ter três dígitos.

Em termos mais simples ainda, a investigação se apresentava como uma grandíssima aporrinhação. Haveria dezenas de pistas para seguir, e todas acabariam sendo falsas.

Além disso, não é que estava morrendo de vontade de se atirar de corpo e alma na investigação.

Porque uma coisa é mandar para a cadeia alguém que matou um bom sujeito, outra é mandar para a cadeia alguém que matou um sujeito ruim e safado.

O outro Montalbano, aquele que ficava escondidinho dentro dele e vinha para fora na primeira oportunidade, de repente se mostrou.

— Parabéns, Salvo. Você tem mesmo elevado senso de justiça! Dois pesos e duas medidas!

— Cê sabe que eu sou assim mesmo.

— Significa que você é um errado!

— Sim senhor! E não sei o que que eu posso fazer a respeito. Se um homem de bem resolve matar um cara que deixou ele completamente desesperado, eu sinto que estou do lado dele.

— E assim, nesse passo, você chegará a justificar todos os que fazem justiça com as próprias mãos.

— Nem a pau! Estou só dizendo que, enquanto algemo uma pessoa assim, uma pessoa que se rebela contra um perseguidor, sinto por ela a máxima compressão, como diria Catarella. E agora chega, preciso voltar para o trabalho.

A volta ele também fez devagar, porque alguns polvos ainda não tinham se rendido.

— Fazio está? — perguntou entrando no comissariado.

— No local, dotor.

— Diga para ir falar comigo.

Assim que pôs o pé em sua sala, percebeu que a periclitante pilha de papéis tinha desaparecido de cima da escrivaninha. Será possível que aconteceu um milagre? Que Jesus Cristinho ordenou aos anjos que dessem sumiço em toda a burocracia da face da Terra?

Fazio entrou com a sacola plástica na mão.

— Ah, doutor. Os papéis fui eu que tirei.

— Por quê?

— Tinham caído no chão. Pus tudo no armário.

Que decepção! Por um instante, tinha confiado num acesso de bom senso do Ser Supremo... Enquanto isso, Fazio tinha esvaziado a sacola em cima da escrivaninha.

— Isso a gente olha depois — disse o comissário, recolhendo os envelopes com as fotografias das moças e pondo tudo dentro da gaveta do meio.

— Fiquei sabendo de uma coisa sobre Barletta — disse Fazio se sentando.

— Só uma?

— Doutor, tive pouco tempo. Mas o que eu soube parece bem importante.

— O que é?

— Barletta emprestava dinheiro a juro.

— Certeza?

— Absoluta. Lembra que perto do monumento aos mortos na guerra existia uma grande loja de roupas que faliu?

— Claro! Magazine Brancato.

— Exato. A falência foi obra de Barletta, foi ele que acabou com a Brancato, cobrando juros de quatrocentos por cento. E ficou com a loja também. Fiquei sabendo que o Brancato não foi a única vítima. Parece que outro comerciante se matou por culpa dele.

Só faltava essa!

Barletta, além de não ter contemplação por ninguém nos negócios, além de ser um mulherengo chantagista, também era agiota!

— Procure saber mais a respeito disso.

— Certo.

— Você percebe que, com essa bela novidade que me contou, metade da cidade pode ser suspeita?

— É, sim, doutor. Mas as coisas estão nesse pé. Na opinião de vossenhoria, por onde a gente pode começar?

Boa pergunta. O comissário não tinha a menor ideia. Depois veio à sua cabeça a única coisa possível.

— O doutor Augello está aí?

— Está, sim.

— Vá chamar.

Enquanto Fazio estava fora, Montalbano pegou os envelopes pardos da gaveta e os colocou em cima da escrivaninha.

— Saudações — disse Mimì Augello entrando, seguido por Fazio.

— A você também. Sentem.

De um envelope escolhido a esmo, tirou uma fotografia e olhou.

Uma moça nua estava deitada numa cama com as pernas levantadas e abertas ao máximo.

Mostrou a foto a Augello.

— Gostou do artigo, *sior*? — perguntou em tom de vendedor ambulante.

— E como! — exclamou Mimì.

— Pois bem. Agora você e Fazio ficam aqui olhando essas fotos uma por uma. Vejam se reconhecem alguma dessas moças. Eu vou para Montelusa e volto no máximo daqui a uma hora e meia.

Levantou.

— Vai falar com o superintendente? — perguntou Mimì.

— Era só o que faltava! Não, vou falar com Pasquano.

O trânsito parecia que estava desatinado, frenético e caótico, e o comissário, que não gostava de dirigir, suou por trinta minutos mais do que se estivesse numa sauna.

Estacionou em frente ao instituto, mas, antes de sair do carro, fumou um cigarro para descansar e se enxugar um pouquinho.

Depois resolveu entrar.

— O doutor está aí? — perguntou ao porteiro, conhecido seu.

— No escritório.

— De que humor?

— O de sempre.

Isso significava que ele precisava ir com cuidado.

Bateu de leve à porta. Nenhuma resposta. Bateu de novo um pouco mais forte. Nada. Então abriu e entrou.

Foi recebido por uma tremenda gritaria.

— O senhor é a única pessoa capaz de entrar mesmo quando ninguém diz "Pode entrar!". Só o senhor é capaz de vir encher o saco de um homem de bem que está trabalhando.

— Seu trabalho consiste essencialmente em comer as quatro bombas que estão na sua frente?

Pasquano deu uma risadinha.

— Estão ótimas, sabia? Aceita uma?

Montalbano aceitou. Estava boa mesmo e ele saboreou bem.

— Agora que satisfez a sua gula de evidente natureza senil, me diga que caralho quer de mim.

Sempre cortês e gentil, o doutor.

— Não adivinha?

— Adivinho. Mas sinto prazer quando ouço sua voz me pedindo alguma coisa.

Montalbano fez uma cara muito séria e preocupada.

— Não sei se...

— Diga, diga.

— Poderia fazer o favor de me emprestar cinquenta mil euros? Estou precisando urgentemente.

Pasquano ficou espantado.

— Está falando sério?

— Não. Mas, como o senhor disse que tem prazer em me ouvir pedindo alguma coisa, eu caprichei.

Pasquano começou a rir.

— Sabe que eu acreditei? É um ótimo ator! É assim que você engambela os pobres coitados que caem nas suas mãos? Parabéns. Quer saber sobre o finado Barletta?

— Se lhe aprouver.

— Santa Maria, como ele fala bem! Mas não se diz se lhe aprazer? Seja lá como for, só para papear e passar o tempo, segundo a sua aguda inteligência, como ele foi morto?

— Com um tiro na nuca.

Pasquano olhou para ele com um arzinho de compaixão. Balançou várias vezes a cabeça.

— Quantos anos o senhor tem?

— Cinquenta e oito.

— Então não existe explicação para a precoce decadência de seu cérebro. O senhor está velho demais para continuar nessa profissão. Por que não se aposenta? Já lhe disse isso e repeti dezenas de vezes. É um conselho de amigo que lhe estou dando. Com isso, ganharia o senhor e ganharia eu, que já não estaria condenado a tê-lo dia sim, dia não pendurado no meu saco.

— Doutor, entre uma partida de pôquer e uma autópsia, nunca se deu conta de que é um ano mais velho que eu?

— Sim, querido, mas isso não tem nada a ver com idade! É a cabeça que em mim funciona perfeitamente!

— Qual das duas?

Pasquano recebeu o golpe a seu modo. Se jogou de costas para trás e chorou de rir. Depois se reaprumou.

— Mas me explique como é que, com toda a sua experiência, não percebeu que havia...

— ... pouco sangue derramado em vista do ferimento?

— Sim senhor!

— Notei muito bem, como está vendo.

— E, se notou, por que não se perguntou quanto são dois mais dois? Por que não tirou as devidas conclusões?

— As conclusões são da sua alçada. Eu respeito as funções.

— O senhor? Não me faça rir! Pode continuar perguntando.

— Por que quis que a perícia examinasse o resto de café?

— Está vendo como até o senhor percebeu?

— Já estava morto quando atiraram?

— Precisamente.

— Morto envenenado?

— Precisamente.

— Mas por que o assassino primeiro envenena e depois atira?

— Isso já não faz parte da minha competência, mas da sua. Seja como for, vou lhe dar uma mãozinha, como fazem nos programas de perguntas da televisão: quem disse que foi a mesma pessoa?

— A que horas ele morreu?

— Essa é a primeira pergunta inteligente que está fazendo — disse Pasquano. — Não depois das seis da manhã.

— Que tipo de veneno?

— Estou vendo que, mesmo de vez em quando, seu cérebro funciona. Vou poupá-lo do nome científico, só vou dizer que produz paralisia imediata seguida de morte súbita.

— Deixe ver se entendi.

— Tudo bem. Mas quanto tempo demora para entender? Porque, se for muito demorado, eu tenho o que fazer.

— Mais umas perguntas e pode comer as bombas que sobraram.

— Nada de umas perguntas, genérico demais, vamos fazer duas perguntas.

— Está bem. A primeira. É possível que a paralisia causada pelo veneno tenha feito Barletta ficar sentado na cadeira como se estivesse vivo?

— Muito possível.

— Teve relações sexuais?

— Barletta não gostava de água, não se lavava com frequência. Sim senhor, teve.

— Pode dizer se...

— Perguntas esgotadas. Não vou acompanhá-lo, o senhor sabe onde é a porta.

— Me dá meia bomba?

— Nem se pedir de joelhos.

Quando voltou para o escritório, encontrou Pitrotta, dos Bons Costumes, com Fazio e Augello.

— Pedimos ajuda — disse Mimì.

— Fizeram bem. O que conseguiram?

— Identificamos duas. Uma eu e outra Pitrotta.

Montalbano olhou curioso para o homem dos Bons Costumes. Este pegou um envelope marcado com o nome de Janicka e entregou a ele. Montalbano nem abriu.

— As poses de sempre?

— As mesmas.

— Quem é?

— Uma eslava de dezenove anos — respondeu o dos Bons Costumes. — Foi detida três meses atrás por estar sem documentos. Acho que foi repatriada.

— Levante informações, depois me comunique. Obrigado, Pitrotta.

Este cumprimentou e saiu.

— E a sua, qual é? — perguntou Montalbano a Mimì.

— Esta — respondeu Augello, entregando um envelope que trazia escrito o nome Stefania.

— Em que bordel você conheceu essa moça?

Augello olhou para Fazio, que pescou no ar.

— Com licença, volto em cinco minutos — disse, levantando-se com pressa e saindo.

— E então?

— Não conheci num bordel. Mas em casa de amigos. Tem vinte e um anos, é balconista numa perfumaria.

— Pratica a prostituição?

— Salvo, acredite, você, quando fala de mulheres, está atrasado cem anos.

— Então me explique você o que é uma mulher que se deixa fotografar enquanto...

— É uma que topa se lhe dá na veneta.

— Mas aceita pagamento.

— Nem sempre. Não comece a estabelecer categorias.

— Você comeu ela?

— Gostei da fineza com que você fez a pergunta. Até poderia. Mas preferi não.

— Por quê?

— Não me inspirava confiança.

— Explique melhor.

— Pareceu ser uma daquelas que se apegam, entendeu? Que são capazes de ficar telefonando para a sua casa... de escrever bilhetinhos... perigosíssimas. Eu mantenho distância de mulheres assim.

— Prefere aquelas que dão uma bimbadinha e pronto?

— Escute, não estamos aqui para falar dos meus gostos em matéria de mulher. Quer que eu chame a moça aqui?

— Não. Vá você falar com ela, já que se conhecem.

— O que você quer saber?

— Tudo. Como começaram, quanto durou a coisa, onde se encontravam, por que a relação acabou, que tipo de homem era Barletta, que presente lhe deu...

— Está bem.

— As fotos são úteis?

— Não — disse Mimì, dando-lhe o envelope.

Montalbano pôs o envelope no meio dos outros. Que bela coleção Barletta tinha montado! Fazio voltou.

— Posso ir? — perguntou Augello.

— Mais cinco minutos. Você, Fazio, sente aí. Pasquano me disse que Barletta não morreu de tiro.

Fazio pulou da cadeira.

— Ele está querendo tirar sarro da gente?

— Não.

— Então como morreu?

— Envenenado. Puseram veneno no café dele.

— Posso saber do que estão falando? — perguntou Augello, que estava pouco informado sobre a investigação da morte de Barletta.

Montalbano o pôs a par de tudo.

— Então os assassinos foram dois? — perguntou Augello no fim.

— Parece que sim.

— Mas que necessidade havia de lhe dar um tiro depois de morto?

— Poderia haver uma explicação.

— Qual?

— Cada um dos dois assassinos agiu sem saber do outro. O primeiro mata com veneno e...

— Um momento — interrompeu Fazio. — Quando morreu, estava tomando café, tanto é verdade que a xícara tombou. E como é que o corpo não caiu?

— E quem disse que não dispararam o tiro quando ele estava no chão?

— Não, doutor Augello. A trajetória do projétil fala claro. Entrou pela nuca, saiu pela face e foi acabar na parede da frente.

— Ficou sentado, mesmo morto — esclareceu Montalbano.

— Pasquano me disse que isso é possível, por se tratar de um veneno paralisante. Deixa a pessoa feito uma estátua. E isso significa uma única coisa.

— O quê? — perguntaram em coro Mimì e Fazio.

— Que o segundo, quando atirou, achava que ele estava vivo.

Fazio olhou para ele, perplexo.

— Mas é incrível! — comentou Mimì.

— Por isso, repito, trata-se de duas pessoas, e uma agiu sem o conhecimento da outra.

— Estou aqui tendo uma ideia — disse Fazio.

— Diga.

— Na pia da cozinha havia uma xícara, um pires e uma colherinha, lavados e enxugados. Significa que o assassino tomou café com Barletta, pôs o veneno na surdina dentro da xícara e, quando teve certeza de que o homem estava morto, lavou direitinho as coisas que tinha tocado e foi embora tranquilamente, fechando a porta depois de sair. Minha conclusão é a seguinte: o assassino é assassina, a mulher que passou a noite com ele. Por outro lado, veneno é um jeito feminino de matar.

— Já não é assim — disse Montalbano. — Desde Hedda Gabler as mulheres usam armas de fogo.

— E quem é essa Graber? — perguntou Mimì.

Montalbano ficou com vontade de tirar sarro dele.

— Uma nórdica que se matou. O caso foi contado por um célebre criminalista do século XIX que se chamava Ibsen.

— Se não me engano, Ibsen era um sujeito que escrevia coisas de teatro — disse Mimì.

— Muito bem! O Ibsen de que estou falando era irmão gêmeo desse.

— Antigamente as mulheres, quando queriam se matar, ou se envenenavam ou se jogavam da janela — comentou Fazio.

— Bons tempos aqueles! — exclamou Montalbano. — De qualquer modo, a reconstituição de Fazio é plausível.

Cinco

— A implausibilidade total começa a partir do momento em que um segundo homem aparece na história com o propósito de matar Barletta — comentou Mimì.

— Explique-se.

— Pasquano disse que ele foi morto não depois das seis da manhã. Certo?

— Certo.

— A reconstituição de Fazio me convence. Mas, antes de avançar, gostaria de deixar mais claro um ponto. É o seguinte: Barletta e a mulher com quem ele passou a noite só podem ter levantado da cama lá pelas cinco e meia da manhã, e não depois. Senão a hora da morte às seis não dá certo. Os dois se vestem e descem para a cozinha. O homem prepara o café para os dois e morre envenenado. Ora, a pergunta que eu me faço é a seguinte: por que se levantaram tão cedo? Barletta, pelo que disse o filho, tinha a intenção de ficar na casa de praia o dia inteiro. Não precisava madrugar. Portanto, se madrugou talvez seja porque a mulher tinha algum compromisso e não podia ficar mais tempo com ele. Tem lógica?

— Vá em frente — disse o comissário, interessado.

— Explique melhor — disse Augello.

— Porque o advogado vai dizer que o cliente tinha percebido perfeitamente que Barletta estava morto, mas disparou assim mesmo por vingança. E ele se saía com uma condenação por vilipêndio a cadáver.

— Mas tecnicamente continua sendo assassino. A intenção era matar.

— Mas não se pode processar com base em intenções — respondeu o comissário.

De repente, Montalbano se sentiu cansado. Talvez Pasquano tivesse razão.

— Escutem, vamos falar sobre isso amanhã de manhã, com a cabeça fresca.

A noite estava bonita. Por isso, ainda no carro, Montalbano decidiu que aprontaria a mesa na varanda.

A primeira coisa que fez quando entrou em casa foi abrir a porta-balcão. Logo percebeu em cima da mesa dois papéis seguros por duas pedras. O primeiro era um bilhete escrito numa folha de caderno e dizia:

Sou-lhe realmente grato.

Não estava assinado. A caligrafia era segura e pessoal, de alguém acostumado a usar caneta.

O segundo papel era o recibo de uma gráfica em nome do doutor Salvo Montalbano.

Na certa o andarilho tinha encontrado o recibo em algum bolso do terno marrom.

O telefone tocou. Era Livia.

— Vai conseguir me pegar em Punta Raisi? Chego ao meio-dia.

Fez as contas e decidiu que passaria antes pelo comissariado e adiaria para a tarde a reunião com Augello e Fazio.

— Por isso, a mulher que estava com ele não devia s uma puta qualquer, mas alguma não profissional, un mulher que talvez tivesse compromissos familiares o de trabalho.

— Não concordo — disse Fazio.

— Por quê?

— Barletta podia ter medo que o filho Arturo chegasse antes e não queria que ele encontrasse a mulher — explicou Fazio.

— Isso também é possível — admitiu Augello. — Mas resta o fato inexplicável de que, assim que a mulher sai, depois da morte de Barletta, logo em seguida entra o outro assassino. Em suma: dois assassinos que decidem matar uma pessoa no mesmo dia e quase na mesma hora. É isso que não está fazendo sentido.

— Por que você disse logo em seguida? Pasquano não afirmou com precisão quando foi disparado o tiro — disse o comissário.

— Mas, se havia sangue em torno do cadáver, significa que o tiro foi dado logo depois que ele morreu! Quinze minutos depois, não mais! Senão não haveria nem uma gota de sangue!

— Você está exagerando, Mimì. Mas de qualquer maneira tem razão: os dois homicídios, vamos chamar assim, ocorrem num intervalo de tempo que vai das cinco e meia às oito, quando Arturo chega.

— Em conclusão, precisamos procurar dois assassinos que agiram com pouco tempo de diferença um do outr — disse Fazio.

— Vamos precisar trabalhar para achar dois, mas, acharmos, pela lei vai ser um só.

— Consigo.

— Escute, você fez aquilo que eu disse?

— Aquilo o quê?

— De levar as camisas, os sapatos e um terno para...

— Fiz, sim. O coitado até me deixou um bilhetinho de agradecimento.

— Que tipo estranho! Morro de curiosidade de conhecê-lo.

Ainda bem! Se ele ficasse ocupado demais com a investigação, Livia podia passar um tempo com o andarilho e assim não ficaria amolando.

Dormiu feito uma pedra, afundado num poço escuro, e quando acordou descobriu que estava caindo um pé-d'água.

E aí, qual era a intenção do tempo? Um dia bonito e outro feio?

O fato é que a agonia das estações agora ficou demorada demais, pensou.

E de repente se lembrou da promessa de buscar Livia no aeroporto.

Não, não estava mesmo a fim de dirigir no mínimo duas horas e meia debaixo de toda aquela chuva.

Olhou o relógio. Oito. Mas como é que tinha acordado tão tarde? Com certeza Livia ainda estava em casa, em Boccadasse.

Ligou.

— O que foi? — perguntou Livia subitamente alarmada.

Não teve vontade de dizer a verdade, improvisou uma mentira.

— Preciso passar a manhã com o superintendente. Ele me telefonou. O encontro é para as onze. Não posso ir a Punta Raisi. Você pode pegar o ônibus para Montelusa.

— Começamos bem! — disse Livia.

— Como ficamos?

— E você quer ficar como? Em Montelusa pego um táxi e no comissariado você me dá carona.

E desligou.

Antes de sair de casa, deixou na mesa da cozinha um bilhete para Adelina.

Hoje Livia chega. Vai embora daqui a três dias.

Era mais que certo que a empregada não ia dar o ar da graça.

A estrada para Vigàta estava completamente congestionada, entre um carro e outro havia um milímetro de distância, e a velocidade média girava em torno de dez centímetros a cada dez minutos.

Chegou ao comissariado passava das nove e meia. Estacionou, saiu, praguejou sentidamente dez minutos seguidos para descarregar a raiva, depois entrou.

— Ah dotor dotor! O dotor Augello está com Fazio na aguardança do senhor vossenhoria!

— E eu estou de chegança.

Augello e Fazio estavam de pé em frente à porta da sala, batendo papo. Ele disse para entrarem e sentarem.

— O Pitrotta passou lá em casa — começou Fazio. — Contou que aquela moça eslava que não sei o nome não está mais na Itália. Pode não ter voltado pra terra dela, só mudado de cidade, mas é difícil descobrir.

— Eu ontem de noite — disse Mimì — cheguei em tempo de falar com Stefania Interdonato, quando ela estava fechando a perfumaria. Como estava livre, não tinha nenhum encontro, fomos pra um restaurante.

— E contou o que para a Beba?

— Que você me segurou aqui até tarde.

— Tarde quanto? — assustou-se Montalbano.

Vai que ele tinha passado a noite com a moça. Não lhe agradava nada servir de álibi para enganar a Beba.

— Tranquilo, até as dez.

— O que ela disse?

— Vou pôr ordem. Aliás, não, antes que me esqueça. Pediu, chorando, as fotografias dela. Se isso for possível...

— Veremos. Fale.

— Eles se conheceram um dia, quando Barletta entrou na perfumaria com uma moça bonita para comprar um perfume caro. Não tirou os olhos de cima dela. Naquela mesma noite, na hora de fechar, deu de cara com ele. Foi convidada para jantar. Recusou. Mas na segunda noite aceitou. Barletta foi brilhante, ótima conversa, galante, gentilíssimo. Estilinho meio antigo, conquistou Stefania. Foi assim que começou.

— Onde se encontravam?

— Na casa de praia.

— Stefania ia até lá?

— Não, ela não tem carro. Ele é que levava.

— Quanto tempo durou?

— Quatro meses.

— Ele dava presentes?

— Dava.

— Dinheiro?

— Só uma vez deu dez mil euros, porque ela precisava pagar uma prestação. O resto foi sempre coisa de certo valor, anéis, pulseiras...

Então umas vezes pagava e outras vezes chantageava.

— Quem rompeu?

— Ele, naturalmente. Imagine se Stefania ia dar o fora!

— O que ele disse?

— Não disse nada. Simplesmente uma noite não apareceu na perfumaria para pegá-la. E a partir daí não se viram mais. Passou uns dias boazinha. Depois pegou fogo.

— Em que sentido?

— Eu não lhe disse como ela é? Nunca larga o osso. Começou a escrever para ele, telefonar, e ele nada. Aí teve uma ideia genial.

— Foi falar com ele — disse Montalbano.

— Muito bem! Na mosca! Como ela sabia que todo sábado Barletta dormia na casa de praia, pediu o carro emprestado a uma amiga e foi até lá. À uma da madrugada, imagine só!

— E o que ela fez?

— As janelas estavam fechadas e lá dentro estava tudo escuro, mas havia dois carros parados em frente à casa, o de Barletta e outro. Então o homem estava em casa e com companhia. Para abrirem, ela começou a bater à porta feito uma desesperada, a dar pontapés, a jogar pedras, até que saiu uma mulher. Estava só de calcinha, nem sutiã tinha. E agrediu a coitada da Stefania com muita fúria, bateu nela com um pedaço de pau. Stefania, que não esperava aquilo, conseguiu entrar no carro e fugir. Na opinião dela, aquela mulher tinha a clara intenção de matá-la.

— Deve ter sido perturbada no melhor da festa — comentou Fazio.

— Stefania também achava isso, até perceber que a outra, no meio de tantos palavrões, puta, vaca, safada, também dizia: "Deixa meu pai em paz, senão te arrebento a cara." Era a filha. Barletta tinha incumbido a filha de se livrar de Stefania.

Montalbano riu.

— Está rindo do quê? — perguntou Augello.

— Dona Giovanna, a filha em questão, garantiu para mim e para Fazio, com grande fidalguia, que nos assuntos amorosos do pai ela nunca quis interferir de jeito nenhum. Se esse era o jeito de não interferir...

— A madame disse que era Arturo que questionava o pai porque ele gastava demais com mulheres — confirmou Fazio.

— Por que será que, quando pedi alguns nomes de moças que andavam com Barletta, ela não deu o nome de Stefania? No entanto, por pouco não matou a moça! — perguntou Montalbano.

— Vai ver que por isso mesmo — disse Augello.

— Diga uma coisa, Mimì. Você sabe se o sacana do Barletta, que Deus o tenha, tirou as fotografias de Stefania com o consentimento dela?

— Ela jurou que não, que nem sabia que elas existiam. Eu, que vi as fotos, acredito. Você deu uma olhada nelas?

— Não tive vontade — respondeu Montalbano. — Não sei quanto a vocês, mas a mim causa repugnância.

Mimì continuou.

— São sem dúvida fotos tiradas secretamente, enquanto a moça está em ação, se é que me explico. Foi por pura sorte que o rosto de Stefania apareceu com nitidez.

Montalbano abriu a gaveta, procurou entre os envelopes pardos, pegou um com o nome Stefania, entregou a Augello.

— Pode dar pra ela.

— Desculpe, doutor — interveio Fazio. — Mas essas fotos não deveriam ser postas à disposição do promotor?

— Mas você ficou louco?

— Doutor, me perdoe, mas seria...

— Mas você pode imaginar as consequências? Nós damos a Tommaseo duzentas fotos de mulheres nuas em imaginativas conjunções carnais, como diria ele. E ele, carente como sempre anda, vai cair duro! E, se não cair duro, vai promover uma caça às garotas porque vai querer todas no seu escritório e é capaz de mandar todas tirarem a roupa para ter certeza da identidade!

— Doutor, mesmo assim acho que seria preciso fazê-las chegar até ele — insistiu o outro.

— E agora você começa a falar italiano à risca para demonstrar respeito pela praxe? Então tá, significa que, em vez de vinte envelopes, Tommaseo vai receber dezoito. Afinal, ele não sabe quantos Barletta tinha na escrivaninha. Concorda?

— Concordo — disse Fazio resignado. — Mas por que dezoito envelopes? Não deviam ser dezenove?

— Dezoito.

— Doutor, me desculpe, mas vinte menos um são dezenove.

Montalbano não respondeu, abriu novamente a gaveta, pegou todos os envelopes, pôs em cima da escrivaninha, procurou o que tinha o nome Stella e o pôs no bolso diante dos olhos arregalados de Fazio.

Depois começou a contar os envelopes em voz alta.

— Está vendo como são dezoito? — disse no fim.

E enfiou tudo de novo na gaveta.

— E agora vamos voltar à conversa de ontem.

— Eu pensei bastante de noite — disse Fazio depois de um momento. — A única explicação é que foi uma coincidência.

— Que que é isso! — reagiu Augello. — Duas pessoas matam o mesmo homem quase ao mesmo tempo!

— Eu também pensei no caso — disse Montalbano. — E pensei numa hipótese que talvez possa explicar a quase simultaneidade.

— Qual? — perguntou Mimì.

— Era preciso impedir Barletta de fazer alguma coisa que ele iria fazer naquela mesma manhã.

— Não entendi — disse Fazio.

— Vou explicar — disse Augello. — O chefe acha que os dois assassinos quiseram impedir Barletta de concluir alguma coisa que ele tinha prometido fazer durante a manhã.

— Mas o quê? — disse Fazio. — Considerem que era domingo! E domingo os escritórios e o comércio estão fechados!

— Além disso — disse Mimì —, como os dois assassinos ficaram sabendo desse propósito de Barletta?

— Ele pode ter falado do assunto no dia anterior com a moça que depois passou a noite com ele — respondeu o comissário.

— Mas nesse caso o assassino seria só um, ela! — objetou Augello.

— E que interesse teria a moça em impedir Barletta de fazer o que ele tencionava? — emendou Fazio.

Montalbano se rendeu. Ergueu os braços.

— Calma! Era só uma suposição!

Ficaram em silêncio.

— A verdade é uma só — disse pouco depois o comissário. — Não sabemos por onde começar.

Depois teve uma ideia.

— Você tem o número de Arturo Barletta?

— Tenho, sim.

— Ligue pra ele daqui e passe pra mim.

Fazio discou, disse "pronto" e entregou o fone ao comissário. Este pôs no viva-voz.

— Aqui é Montalbano, bom dia. Peço desculpas por ter de perturbá-lo, mas é que preciso de um esclarecimento e de uma informação.

— Estou às suas ordens.

— Obrigado. Se não me engano, no sábado à noite o senhor telefonou a seu pai e ele lhe comunicou que tinha a intenção de ir dormir na casa de praia. É isso?

— Não exatamente. Foi meu pai que me ligou.

— De qualquer modo, o senhor lhe disse que iria lá na manhã seguinte.

— Precisamente.

— A que horas chegou à casa de praia?

— Às oito em ponto.

— Tem certeza de que precisou abrir a porta com a chave?

— Absoluta.

— Portanto, quem o matou estava de posse das chaves?

— Mas, comissário, já falei sobre isso com o senhor e...

— Comigo, não. Falou com o jornalista da televisão.

— Desculpe, eu me confundi. Mencionei a possibilidade de existirem cópias de chaves que meu pai poderia ter dado a alguma das suas...

— Seu pai ia dormir na casa de praia todo sábado?

— Bom, ia.

— Por que disse ao senhor, segundo nos informou, que naquele sábado ia lá com um objetivo definido, que era o de arrumar a casa? Não lhe parece que ele deu uma explicação totalmente supérflua?

— Agora que me fez pensar melhor...

— Durante aquele telefonema ele mencionou alguma coisa que tinha a intenção de fazer na manhã de domingo?

— Mas acabamos de dizer! Ele estava lá para arrumar a...

— ... casa, certo. Mas não disse se precisava fazer alguma outra coisa?

— Isso está fora. A mim não disse nada. Talvez...

— Diga.

— Talvez tenha falado do assunto com Giovanna.

— Agradecido.

Terminou a ligação e passou o fone para Fazio.

— Ligue para dona Giovanna.

Fazio repetiu a operação.

— Aqui é Montalbano. Bom dia, senhora. Estou atrapalhando?

— De jeito nenhum.

— Tenho necessidade de uma informação. No sábado que antecedeu a morte de seu pai, a senhora telefonou para ele?

— Claro, como todos os dias.

— Ele lhe disse que passaria a noite na casa de praia?

— Disse.

— Disse que ficaria lá no domingo também?

— Disse.

— Por acaso lhe explicou o motivo?

— Não, mas fazia isso com frequência. Passava o fim de semana na casa de praia.

— Mencionou alguma coisa que faria na manhã do domingo?

— Espere um momento, vou pensar.

Pensou um tempinho, depois voltou a falar.

— Alô? Diria que não.

— Mas não tem certeza?

— Certeza, não. Foi uma conversa, como dizer, sem importância, comum... Não dei peso ao que ele dizia...

— Entendo.

— Mas talvez...

— Talvez?

— Fosse melhor perguntar ao meu irmão.

— Agradecido, senhora. Bom dia.

Seis

— E assim, depois de tanto virar, voltamos ao ponto de partida — disse o comissário. — Pelo visto, ele não falou com os filhos sobre o que deveria fazer. Por isso, minha hipótese perde consistência, vira coisa de vento.

— Nem por isso — objetou Fazio. — Pode ser que não quisesse contar para os filhos.

— Ou então — disse Augello — recebeu um telefonema tarde da noite, quando já estava na casa de praia. E a mulher que estava com ele ouviu.

— Não se sustenta — disse o comissário.

— Por quê?

— Porque nesse caso o assassino teria de ser um só. Você mesmo disse isso agora há pouco. E também é preciso considerar uma coisa: a mulher que dormiu com ele naquela noite já tinha a intenção de matar, tanto é verdade que levou o veneno, coisa que as mulheres não costumam carregar na bolsa junto com o batom.

— E isso é verdade — admitiu Fazio, desconsolado.

— Então o problema principal passa a ser descobrir quem era essa mulher.

— Falar é fácil! — exclamou Augello.

— Fazio, procure Stella Lasorella com muito cuidado, preste atenção, os pais dela não podem saber, e diga para ela vir aqui lá pelas quatro. Mimì, você pega uma equipe e vai fazer uma boa diligência na casa de praia e na casa daqui.

— O que que a gente precisa procurar?

— Sei lá. Outras fotografias, cartas, qualquer coisa que tenha algum interesse, por menor que seja.

Aí se lembrou de uma frase de Giovanna.

— Veja também se acha um testamento.

— Ah dotor! Acontece que tá aqui o pepê Gommaseo!

— No telefone?

— Sim sim.

— Pode passar.

— Caro doutor Montalbano! Como vai?

— Como vai o senhor, caríssimo doutor Tommaseo?

— Não quero tomar seu tempo, já entro no assunto. Recebi o laudo da perícia. Parece que na cama do tal Galletta, que fazia tempo era viúvo...

— Barletta.

— ... entre os lençóis amarrotados...

Um turbilhão de imagens eróticas devia estar passando naquele momento pela cabeça do promotor público.

— ... foram encontrados uns três fios de cabelo de mulher, compridos e loiros! E também... e também...

Montalbano imaginou o promotor com um bocadinho de saliva esbranquiçada se coagulando nos cantos dos lábios. Era só uma mulher estar envolvida num homicídio para ele perder a cabeça.

— E também?

Tommaseo, que por um instante tinha dado a impressão de estar morrendo sufocado, conseguiu recuperar o fôlego.

— E alguns pelos... pubianos... entende?

Vai ver que estava com os pelos ali na frente, dentro de um saquinho plástico, em fascinada contemplação. Montalbano decidiu dar corda.

— São da mesma cor do cabelo?

— Um pouquinho mais ruivos.

— Então o senhor opina que Barletta levou duas mulheres para a cama?

— Não! O que acontece é que nas mulheres loiras, nas naturais, claro, os pelos pubianos...

E começou a ofegar de novo.

— ... às vezes tendem a essa cor.

— Não, olhe, a minha pergunta não era assim tão sem fundamento, porque, à medida que avançamos na investigação, vamos descobrindo que Barletta era um mulherengo.

— É mesmo?! E o que vocês descobriram?

— Que fotografava todas as moças que dormiam com ele.

— Fotografava como?

— Nuas, e em poses que não vou nem contar!

— Não, não, conte, conte!

— E também quando tinham relações íntimas, tanto as completas quanto as orais, anais... Deu para entender?

— Aijesusjesusjesus... Aijesusjesusjesus!

— Está se sentindo bem?

— Espere, vou beber um pouco de água.

Voltou pouco depois, mas ainda estava agitadíssimo.

— Mas o senhor... e... essas... fo-fo-fotos... o senhor encontrou?

— Sim. São umas cento e oitenta.

Durante um tempinho ele ouviu no telefone a respiração de Tommaseo, parecendo a de um mergulhador com o cilindro de oxigênio vazio.

— Mande logo! — expirou o promotor.

Decidiu mandar imediatamente, assim o outro se perderia na contemplação das fotos e durante um tempo não encheria mais o saco.

Fazendo as contas, concluiu que Livia não chegaria a Vigàta antes das duas e meia. Olhou o relógio, já era uma.

Por medida de segurança, telefonou para Enzo e avisou que chegaria tarde para comer, junto com Livia.

E agora, como passar o tempo?

Só restava uma coisa a fazer: assinar uns papéis. Suspirando, se levantou, foi até o armário, abriu, pegou uma braçada de documentos, pôs tudo em cima da escrivaninha, sentou, catou uma caneta e começou.

Como tinha calculado, às duas e meia Catarella avisou que "a senhorita sua namorada do senhor" tinha chegado. Montalbano devolveu os papéis ao armário e saiu.

Livia estava esperando no carro dele. Enquanto se aproximava, o comissário notou que ela estava um pouquinho mais magra, mas dava a impressão de ter ficado mais nova.

O abraço foi forte. Os dois corpos se entendiam direitinho, embora muitas vezes os dois cérebros funcionassem de modo diferente.

— Não tem bagagem?

— Tenho. Uma mala. Catarella já pôs no carro.

— Podemos ir?

— Sim, estou com um pouco de fome.

— Imagine eu!

Para festejar a chegada de Livia, Enzo tinha caprichado. Livia não sabia cozinhar, isso era certo, mas sabia comer.

No fim, o comissário achou que o passeio pelo cais teria sido uma santa ideia, mas com Livia não dava pé.

— Vou lhe dar uma carona até Marinella.

Assim que chegaram, Montalbano tirou a mala do carro enquanto Livia abria a porta com as chaves que ficavam com ela. Montalbano chamou, ela voltou. O tempo tinha clareado, já não chovia.

— Olhe o morro, no meio da subida. Perto daquela mata de sorgo. Está vendo aquele buraco? É a entrada da gruta onde mora o nosso andarilho.

Levou a mala até o quarto e depois perguntou:

— Como ficamos?

— Vai precisar sair correndo?

Montalbano olhou o relógio.

— Uma horinha eu tenho.

Sem falar, Livia o abraçou e o fez cair na cama.

— O que você fez?

— Onde?

— Em todo lugar. Aqui... aqui... aqui...

— Ah ah! Está fazendo cócegas! Não, aí não, por favor!

— Está com uma pele maravilhosa. E toda, como dizer, durinha.

— Não contei, faz seis meses estou frequentando uma academia. Você também deveria ir, ia fazer bem.

Era só o que faltava, academia! Além disso, naquela hora, ele tinha outra coisa na cabeça.

— Porca miséria! Teu corpo ficou que...

— Gostou?

— Agora vou te mostrar como eu gostei!

— Mas você não precisava trabalhar?

— Mais meia hora dá pra perder.

— Como você disse? Comigo perde tempo?!

— Você entendeu mal, eu disse: mais meia hora dá pra despender.

— Disse perder, ouvi muito bem!

— Está bom, desculpe, errei o verbo.

— Safado!

— Escute, podemos adiar a briga para a noite?

Quando chegou ao comissariado, passava das quatro.

— Ah dotor! Aquela mocinha que tem o nome da irmã está esperando o senhor na sala de espera.

— Leve a moça até minha sala.

Stella Lasorella entrou olhando tudo ao redor e apertando os lábios, estava ainda mais assustada que da primeira vez.

— Por que me...

— Sente-se. E tranquilize-se, por favor. Mandei chamá-la aqui primeiro para dizer que encontrei as fotos que Barletta tirou às escondidas.

Stella deu um pulo na cadeira perigando cair, ficou vermelha como um pimentão, abaixou a cabeça para olhar o chão.

— O senhor... olhou?

— Não.

— Então como pôde saber que eram as minhas?

Montalbano tirou do bolso o envelope pardo e entregou a Stella.

— O seu nome está escrito no envelope.

A moça abriu o envelope, pegou uma foto, olhou.

Logo depois, jogou o envelope e a foto na escrivaninha e se levantou de supetão. Agora estava pálida.

— Por favor, um banheiro.

Montalbano se levantou, agarrou Stella por um braço, arrastou-a pelo corredor, abriu a porta do banheiro, fez a moça entrar, entrou atrás, fechou a porta. Ela apoiou as mãos na parede e começou a vomitar no vaso sanitário. Montalbano ficou segurando sua testa.

Depois a levou até o lavatório, abriu a torneira, lavou sua boca e enxugou com seu próprio lenço.

— Você consegue voltar para o escritório?

Tinha espontaneamente tratado a moça por "você". Como uma... filha.

Ela fez sinal que sim com a cabeça. Mas, quando saiu do banheiro, segurou o braço do comissário. Não se aguentava em pé, estava com as pernas bambas. Assim que entraram na sala, ele a pôs na cadeira.

— Quer um pouco de água?

— Não.

Engoliu em seco, fez uma careta de nojo.

— Estou com um gosto horrível...

Montalbano achava que em algum lugar devia ter um pacote de balas, que nem ele sabia por que tinha. Encontrou as balas no fundo de uma gaveta e deu à moça.

Stella pegou uma, desembrulhou, pôs na boca.

Acompanhando os gestos dela, Montalbano sentiu muita pena: ainda parecia uma menininha.

Enfiou a fotografia no envelope e entregou a ela.

— Pode ficar com elas. Aconselho queimar.

O rosto da moça se iluminou.

— Então ninguém vai ver?

— Ninguém.

Stella ficou um tempinho com o envelope na mão, estava pensando em alguma coisa, depois, de repente, o devolveu.

— Pode queimar o senhor mesmo?

— Claro.

Ele pôs o envelope de novo no bolso.

— Escute, também mandei chamar você aqui para perguntar uma coisa.

— Pode perguntar o que quiser.

— Você me disse que naquela noite não estava com Barletta.

Stella ficou agitada.

— Juro que não! Não estive na casa de praia naquela noite! O senhor pode confirmar com...

— Não preciso de confirmação, acredito em você. Minha pergunta é outra. Quando foi a última vez que dormiu com ele?

— Faz um pouco mais de um mês.

— Como foi que ele deixou passar todo esse tempo?

— Olhe, foi assim. No mesmo dia em que meu pai arranjou trabalho, eu telefonei para Barletta dizendo que não estava mais disposta a me encontrar com ele. Mas ele respondeu que era melhor falar pessoalmente. E me disse para ir na hora de sempre.

Será que era o telefonema que Giovanna tinha ouvido?

— Procure se lembrar. Quando você deu esse telefonema, quem atendeu foi ele?

— Não, a filha dele. Logo passou o fone para ele.

— E você o que fez?

— Fui disposta a acabar com tudo. Mas ele, assim que comecei a falar, me interrompeu, revelando que tinha me fotografado e que ia mostrar aquelas fotos, explícitas e comprometedoras, aos meus pais se eu não... O que é que eu podia fazer? No fim me disse que me queria logo de novo e que, se eu não obedecesse... Comecei a passar dias e noites terríveis. Não sabia o que fazer. Aceitar ir de novo para a cama com ele? Ou romper, sabendo que ele se vingaria mostrando as fotos? Já lhe disse que, quando ele me queria, punha...

— O capacho de determinada maneira, eu lembro.

— Toda noite eu passava pela frente daquela porta com o coração batendo forte, mas o capacho sempre estava na posição normal. E assim ficou por um mês, até que fiquei sabendo que ele tinha sido morto.

— Na sua opinião, por que ele não a chamou mais?

Stella pensou um tempinho.

— Com certeza encontrou outra mulher e deve ter se interessado por ela bem mais do que por mim.

— Como pode ter tanta certeza?

— Porque Barletta era um maníaco, um obcecado. Não conseguiria passar um mês inteiro sem...

— Você teria alguma ideia, por menor que seja, de quem pode ser essa última namorada?

— Acho que não...

— Pense bem antes de responder. Nos últimos encontros, notou alguma mudança nele?

Uma ruga apareceu no meio da testa da moça. Estava apoiada no encosto da cadeira e com os olhos meio fechados. Ficou bastante tempo em silêncio. Depois decidiu falar.

— Que me lembre, sempre foi igual. Abjeto, asqueroso e, principalmente, ruim.

Mas Stefania tinha falado coisa diferente.

— Por que ruim? Como a tratava? Alguma vez bateu em você?

— Isso não. Ele me tratava como uma coisa para se usar.

— Mas falava com você, o que dizia?

— Nunca falava comigo.

— Nem uma palavra?

— Não nesse sentido. Abria a boca só para me dar ordens. Assim que eu chegava, ele já estava nu, dizia: "Tire a roupa devagar." O maior prazer dele era me humilhar. As únicas coisas que dizia eram: "Vire-se, fique de barriga para baixo, abra a boca." Ele me obrigava a fazer coisas horríveis e nunca estava contente. "Você vale bem pouco, sabia?" Ou então: "Da última vez você foi mais competente." Para se despedir, só me dizia: "Pode ir." Nunca uma palavra gentil.

Fez uma pausa e depois disse:

— Eu me convenci de que, fisicamente, ele afinal não gostava tanto de mim.

— Então por que insistia em...?

— Porque acho que ficava imensamente excitado só com a ideia de me ter em seu completo poder.

E essa era uma boa explicação para uma personalidade tão complexa como Barletta.

O comissário escreveu uns números num papel e entregou à moça, enquanto se levantava.

— Esses são meus números: o direto do escritório e o de minha casa. Caso se lembre de alguma coisa estranha no comportamento de Barletta, qualquer coisa, preste atenção, mesmo que seja mínima, ligue para mim.

Mais tarde, recebeu um telefonema de Mimì Augello.

— Acabamos agorinha mesmo de fazer uma busca na casa de praia.

— Encontraram o quê?

— Nada de importante. Agora vamos para a casa da cidade. Acho que ali vai ser mais demorado.

— Acha que vão acabar à noite?

— Acho que sim.

— Me faça um favor, Mimì, se encontrar alguma coisa, ligue para mim em Marinella. Lá pelas oito saio para jantar com Livia, mas depois das dez vamos estar em casa com certeza.

Tinha combinado com Livia que às oito ia pegá-la em Marinella.

Eram sete, mas, como não tinha o que fazer no comissariado, a não ser assinar os odiados papéis, saiu e foi embora.

O trânsito estava calmo, por isso às sete e vinte abriu a porta de casa. Livia não estava, devia ter pegado o ônibus que vinha de Montereale e ido até a cidade comprar alguma coisa de que precisava. O ônibus de volta ia passar às quinze para as oito, então ela chegaria pontualmente ao encontro.

Sabia que dentro da geladeira ou do forno não ia encontrar nada, era certo como a morte que Adelina, só por desaforo pela vinda de Livia, não tinha preparado nada para ele comer à noite. Abriu só para passar o tempo e, de fato, se lá dentro não encontrou o vácuo, pouco faltava.

Decidiu tomar um banho com calma, afinal, tempo ele tinha. Acabado o banho, trocou a roupa toda.

Olhou o relógio. Eram oito. Foi até a porta, abriu, saiu para ver se enxergava Livia vindo pela rua. Nada. Voltou para dentro.

Devia ter perdido o ônibus. O último passaria às nove. Mas por que não telefonava? Será que achava que ele ainda estava no comissariado?

A melhor coisa era ligar para ela. Discou o número do celular, mas a voz feminina enjoada de sempre respondeu que no momento a pessoa desejada não podia atender.

Mas que cacete, onde tinha se metido?

Telefonou para o comissariado.

— Às ordens, dotor!

— Escuta, Catarella, por acaso Livia passou por aí ou ligou?

— Não, dotor, nem passou nem ligou, absoluto.

— Se por acaso passar ou ligar, diga pra me telefonar em casa.

Às oito e quinze finalmente ouviu a porta se abrindo. Livia entrou ofegante.

— Desculpe os quinze minutos de atraso.

— Quinze minutos? Estou esperando no mínimo desde as sete e meia!

— Pelo horário que combinamos, eu me atrasei só quinze minutos. Se você, em vez de chegar às oito, chega com meia hora de antecedência, o problema é seu! Uma coisa é sete e meia e outra é oito!

— Onde estava?

— Fui encontrar uma pessoa.

— Quem?

— Escute, não use esse tom de comissário comigo!

— Diga quem você foi encontrar!

— Não digo, está bem? E não insista!

— Como quiser. Vamos comer.

— Onde?

— No Enzo.

— Espere, preciso trocar os sapatos. Estão sujos de barro.

E, enquanto ia para o quarto, Montalbano entendeu quem era a pessoa que ela havia ido encontrar. O andarilho. Tinha subido até a gruta e sujado os sapatos.

— Estou pronta.

Saíram em silêncio, viajaram em silêncio, chegaram em silêncio ao restaurante de Enzo.

Só depois de terem comido um antepasto de frutos do mar, coisa de levantar defunto, foi que o comissário falou.

— Então, diga como foi a visita à gruta.

Sete

Fazia tempo demais que ela convivia com Montalbano para se admirar com a pergunta.

— Percebeu pelos sapatos?

— Sim.

— Falei de propósito. Queria ver se você percebia, se pelo menos as suas habilidades de policial ainda funcionam.

— O que significa esse "pelo menos"? Quer dizer que as outras habilidades não funcionam?

— Não estou dizendo que não funcionam. Mas...

Estava querendo começar uma briga?

— Escute, Livia, você quer me provocar só para não admitir que se traiu. Então deixe de lado as alfinetadas sobre as minhas habilidades mais ou menos funcionantes e conte logo.

— Bom, quando resolvi ir até a gruta, acredite, não achava que ia encontrá-lo lá.

— Então por que foi?

— Para deixar um presente.

— Que presente?

— Duas camisas novas suas.

Montalbano ficou gelado.

— As que Adelina me deu?

— É. Eram horrorosas.

Um verdadeiro golpe baixo que devia ser proibido pelo código de comportamento conjugal. Ou quase conjugal. Ela não tinha feito aquilo por generosidade, mas para criar dificuldades entre ele e a empregada. E agora, o que ia contar a Adelina, quando ela percebesse que as camisas tinham sumido do guarda-roupa?

Claro que não podia dizer que Livia tinha dado as camisas, senão a coisa ia acabar em briga entre as duas mulheres, e ele ia precisar aguentar as consequências. Em conclusão, ia fazer o jogo de Livia. Ainda bem que tinha dois dias para achar uma boa desculpa. Aí se lembrou de um provérbio que ele mesmo tinha inventado, que era assim:

"*Se Adelina fica braba, a comida boa acaba.*"

Por isso, melhor fazer de conta que nada aconteceu e não dar outros motivos para novos desaforos.

— Diga o que fez.

— Bom, pus as camisas num saco plástico e fui até a gruta. Ele estava lá dentro, sentado numa cadeira quebrada, lendo um livro à luz do lampião.

— Que livro?

— Não consegui ver o título na capa. Ele se levantou, fez uma mesura e disse para eu me sentar na cadeira, enquanto colocava o livro numa das caixas de papelão que ficam num canto. Sentou em cima. Não perguntou o que eu estava fazendo ali. Ficamos um tempo em silêncio.

— E aí?

— Entreguei o saco, ele agradeceu, olhou dentro e depois perguntou se sou sua esposa. Vai saber como percebeu...

— Não percebeu. Na verdade, você não é minha esposa.

— Meu Deus, como você é espirituoso!

— Brincadeirinha, vá! Ele é um homem inteligente. Deve ter se perguntado como explicar o fato de, em poucos dias, primeiro um homem e depois uma mulher terem levado roupa de presente para ele. E a resposta foi a hipótese de as duas visitas terem relação uma com a outra. Aí fez a pergunta mais lógica.

— É um homem culto.

— Também percebi.

— Tem modos corteses e perfeitos. Por isso...

— Por isso?

— A gente sempre tem a tentação de perguntar por que vive assim.

— Eu não. Seria uma descortesia.

— Você acha?

— Ele não disse nada espontaneamente?

— Nada que se referisse a antes.

— Explique melhor.

— Não disse nada sobre os seus antecedentes, sobre a sua vida antes de se tornar um indigente. Se bem que não é um verdadeiro indigente. A única coisa que se consegue perceber é que sem dúvida não é siciliano, nota-se pelo sotaque. Disse que chegou por estas bandas há seis anos quase por acaso, que se sentiu bem e ficou. Enquanto falava, eu tinha vontade de rir.

— Por quê?

— Parecia um turista rico contando por que decidiu viver o resto de seus dias no Havaí.

— Estranho eu não ter notado a presença dele antes.

— Dá para explicar. Contou que, quando chegou, seis anos atrás, se alojou pelos lados do distrito... Espere não lembro... o nome tinha a ver com cão... Bom, não tem importância... Depois deixou de se sentir bem ali e se mudou para os lados da Scala dei Turchi... só três meses atrás descobriu essa gruta.

Fez uma pausa, olhou rápido para Montalbano.

— Sabe de uma coisa?

— Não sou adivinho.

— Mas antipático você é. Se eu disser, vai ficar com raiva?

— Você se deixou seduzir entre caixas de papelão?

— Mas como você é bobo! Não digo mais nada!

— Se me disser, lhe dou de presente este anel de lula crocante!

Livia riu e continuou:

— Eu o convidei para almoçar amanhã.

Montalbano ficou preocupado. Não estava aterrorizado com a presença do andarilho, mas com o fato de Livia cozinhar.

— E ele?

— Recusou, com extrema gentileza.

— Isso confirma que é um homem muito inteligente.

— Mas eu gostaria de conhecê-lo melhor, ajudá-lo...

— Ele disse que precisa de ajuda?

— Não.

— Então por que quer ajudar?

— Porque sinto que ele gostaria de...

— ... de ser deixado em paz, pode acreditar. Preste atenção: você, extremamente curiosa como todas as mulheres, está morrendo de vontade de descobrir o segredo desse homem.

— Então eu estaria sendo movida por pura curiosidade?

— Eu diria que sim.

Livia voltou a comer o segundo prato e não falou mais.

Quando chegou ao comissariado na manhã seguinte, estava sendo esperado por Mimì Augello.

A barba dele estava por fazer, a roupa amarrotada, os olhos brilhantes, a cara marcada pela canseira.

— Por que não me ligou à noite depois de acabar?

— Porque não acabei à noite, mas só há dez minutos. Quer dizer, paramos porque estávamos morrendo de sono. Vamos retomar hoje às quatro da tarde.

— E por que não conseguiram terminar à...

— Porque na casa existe um pavimento superior cheio de coisa velha, mas também centenas de pacotes de cartas e documentos. Os papéis eu preferi examinar ali, em vez de encher o comissariado de sacos.

— Escute, agora me ocorre, encontraram algum testamento?

— Não, se ele fez, é capaz de a gente encontrar no meio dos papéis que ainda não vi.

— Alguma coisa de útil?

— Talvez sim. Barletta fez muita coisa na vida, sempre com a preocupação de ganhar dinheiro. Por isso o montão de contratos, certidões, documentos de todo tipo. Uma chatice danada.

— Cartas de amor?

— Não.

— Bilhetes?

— Também não.

— Estranho.

— Por quê?

— Você mesmo contou que Stefania perseguiu o homem com telefonemas, bilhetes... Como é que não se encontra nenhum?

— E quem disse que ele guardou?

— E por que não! Vaidoso do jeito que era! Guardava as fotografias das mulheres que conseguia, não ia guardar as cartas?

— Vou repetir: não acabamos de olhar tudo.

— Diga o que encontrou até agora.

— Estas duas cartas.

Tirou as cartas do bolso e pôs em cima da escrivaninha.

— Saudações, vou dormir.

As duas cartas eram duas folhas sem envelope. O comissário leu a primeira, escrita à mão. A data era de vinte dias antes. Dizia:

> *Quando lhe pedi o empréstimo, já sabia que o senhor se aproveitaria ignobilmente do fato. Eu não tinha ilusões, vi o exemplo de seus métodos de agiota impiedoso em duas vítimas suas. Mas fui obrigado a recorrer ao senhor porque os bancos me negavam crédito. Como era previsível, em apenas dois anos o senhor conseguiu levar para a sarjeta minha família e a mim. Agora não tenho mais nada a perder, entendeu? E um homem que não tem mais nada a perder pode tornar-se perigoso. Desejo-lhe um sono tranquilo, se conseguir.*

Embaixo, aparecia como assinatura: *Riccardo Noto.*

Finalmente começavam a ter alguma coisa nas mãos, aquilo era uma ameaça concreta de morte.

A segunda folha também estava escrita à mão, não tinha data e dizia:

> *Uns amigos me avisaram, mas eu não acreditei que você ia tão longe você não é homem é uma merda, um bicho nojento que a gente precisa arrebentar a cabeça quem te matar qualquer dia desses vai livrar a terra de um dos pior delinquente que existe e se ninguém mais faz isso eu faço sem remorso e com prazer você pegou tudo o que eu tinha e fez minha mulher ficar louca.*

Não estava assinado.

E essa também era uma ameaça de morte. Que com a primeira fazia duas. Esmola demais, o santo desconfia! De qualquer modo, a diligência tinha sido boa ideia.

Chamou Fazio, deu a ele as duas cartas. Quando terminou de ler, Fazio olhou para ele e disse:

— Isso confirma que ele emprestava a juros.

— Você conhece esse Riccardo Noto?

— O nome não me é estranho, mas não lembro por quê.

— Quando lembrar me diga. Precisaria descobrir de quem é a carta sem assinatura.

— Ele diz que a mulher ficou louca. Se for força de expressão, vai ser difícil saber o nome do autor da carta. Mas, se a mulher dele tiver ficado louca mesmo e estiver no manicômio, então a coisa é mais fácil.

— Mas não existe mais manicômio!

— Mas existem casas de repouso e os centros de saúde mental.

— Está bom. Comece logo a procurar.

* * *

Nem dez minutos depois, Fazio apareceu de novo na frente do comissário.

— Não vai me dizer que já fez tudo porque eu fico com raiva!

— Não senhor, queria dizer que lembrei o que foi que ouvi dizer do tal Riccardo Noto. Dei uns telefonemas para confirmar. Morreu.

Montalbano deu um pulo na cadeira.

— Morreu como?

— Atropelado por um motorista irresponsável, faz uns dez dias.

— Descobriram quem dirigia?

Fazio sorriu.

— Vossenhoria teve o mesmo pensamento que eu. Que Barletta, ameaçado por Noto, pensou em se livrar dele antes.

— E não foi?

— O motorista foi identificado e preso pelos carabineiros. Era uma mulher que não tinha nada de nada a ver com Barletta.

— Tem certeza?

— Que não tinha relação com Barletta? Certeza absoluta.

Lá se ia um. Caramba.

Para saber se Barletta tinha feito testamento, o único jeito era falar com o tabelião dele. Mas, para ele dizer alguma coisa sobre o cliente, devia ser preciso ter autorização do promotor. Então telefonou para Tommaseo. Foi atendido por uma voz feminina que ele não conhecia.

— Aqui é o comissário Montalbano. Gostaria de falar com o doutor Tommaseo.

— Não está.

— Onde posso encontrá-lo?

— Escute, deixe-o em paz.

Mas que ousadia!

— Quem está falando, por favor?

— Uma colega dele. Ligue de novo depois de amanhã.

— Mas eu não posso perder todo esse tempo!

— Não sei o que posso fazer. O meu colega foi hospitalizado.

— Quando?!

— Hoje pela manhã.

— Mas o que ele teve?

— Um mal-estar.

Era bem capaz de ter olhado as fotografias e ter passado mal de verdade!

— Poderia lhe pedir uma informação?

— Claro.

— Os tabeliães são obrigados a manter sigilo profissional?

— Naturalmente.

— Portanto, se eu precisar de alguma informação sobre um cliente dele, preciso pedir autorização a vocês?

— Parece-me elementar.

— Obrigado. E, se vir o doutor Tommaseo, diga-lhe que estimo prontas melhoras.

E, principalmente, tire as fotografias da frente dele, pensou.

Logo depois, concluiu que, se ligasse para o tabelião, as coisas não ficariam adiadas. Se ele dissesse que não, paciência, esperaria a recuperação de Tommaseo.

Mas como se chamava o tabelião?

Giovanna tinha dito o nome. Fez força para lembrar. Pirroco? Pissipo? Pitino? Nada, não lembrava.

O melhor era telefonar para ela e pedir o nome certo.

— Bom dia, senhora. Aqui é Montalbano.

— Bom dia. Pois não.

— Estou incomodando?

— Não se preocupe.

— Eu precisaria saber o nome do tabelião que seu pai...

— O nome dele é Piscopo.

— Obrigado. É só isso.

— Mas olhe...

Hesitou um instante. Mas continuou:

— ... com o tabelião não há nenhum testamento.

— Desculpe, mas como é que a senhora sabe?

— Quem disse foi Arturo, que telefonou para ele ontem. Ele tinha corrido para saber quanto ia receber de herança quando o pai ainda nem tinha sido enterrado.

— Então é de se supor que não fez testamento?

— Acho que as coisas não são bem assim.

— E são como?

— Olhe, comissário, não poderíamos nos encontrar e conversar pessoalmente? Até porque eu teria...

Interrompeu-se outra vez.

— Teria?

— Teria de lhe pedir um favor.

— Poderia vir ao comissariado às dezesseis?

— Combinado.

— Ah dotor! Ah dotor dotor!

Era a costumeira lamúria de Catarella quando chegava ligação do "senhor e subrintendente", como ele dizia.

— Que foi?

— Foi que o senhor e subrintendente está no telefone! Quer saber se o senhor, que seria vossenhoria, está no escritório e diz assim que quer falar.

— E você diga que me procurou em todo o comissariado e não encontrou ele.

— Ele quem, doutor?

— Eu, naturalmente.

— Mãe do céu, não estou entendendo nadinha!

O comissário desligou.

Às dez para uma saiu para pegar Livia em Marinella. Em vez de abrir com a chave, tocou a campainha. Gostava quando Livia vinha abrir a porta e ele, assim que entrava, lhe dava um beijo.

Ficou admirado quando a viu com roupa de casa e até de avental.

— Ainda desse jeito?

— Surpresa! Fui até a cidade, fiz compras e eu mesma preparei o almoço!

Levar uma paulada na cabeça à traição na certa seria melhor.

Por seu cérebro passou uma espécie de cântico nostálgico e melancólico, com um ar de Manzoni, que dizia assim:

— Adeus, trilhas dos recifes ainda com cheiro de mar, fritas por Enzo de um jeito que se tornam celestiais! Adeus...

— Que foi? Ficou pálido.

Imediatamente ele se agarrou a essas palavras.

— É, de fato, não estou bem — disse fechando a porta e pondo uma das mãos sobre a boca do estômago.

— O que está sentindo?

— Um tremendo enjoo. Faz mais ou menos uma hora. Acho que não vou conseguir saborear os seus... Que pena!

Livia ficou frustrada.

— Pelo menos venha até a cozinha ver...

— Não estou a fim, desculpe. O cheiro vai aumentar...

— Mas o cheiro está ótimo! Como primeiro prato fiz espaguete com vôngole!

— Não duvido que tenha um cheiro ótimo, mas acredite... Olhe, vamos fazer o seguinte. Você come e eu fico na varanda esperando você terminar.

— Pelo menos me faça companhia enquanto...

— Desculpe, mas iria me afetar.

Melhor ficar sem comer.

Não havia uma vez que Livia acertasse a hora de coar o macarrão. Em noventa e nove por cento das vezes, a massa ficava papa, repugnantemente molenga. No um por cento restante ainda estava crua como se tivesse acabado de sair do pastifício. Além disso, ou ficava tão salgada que chegava a ser amarga, ou ficava tão insossa que ele tinha a impressão de estar engolindo minhocas.

Não, era mil vezes melhor ficar de barriga vazia.

Café ele tomou, esse sim, junto com ela. Depois olhou o relógio. Eram três horas.

— Preciso voltar para o trabalho.

— Mas está a fim?

— Não. Mas preciso ir. Tenho um processo urgente que não pode esperar mais.

Enfiou-se no carro e saiu em disparada.

Às três e vinte freou bruscamente diante do restaurante de Enzo.

Entrou feito um foguete, a ponto de Enzo se espantar.

— Que foi, doutor?

— Nada, nada, estou com pressa. Me traga só um prato grande de antepasto.

— Só antepasto? Estava fritando umas trilhas para mim e...

— Está bom, enquanto isso me traga o antepasto.

Chegou empanturrado ao comissariado às quatro e dez.

Oito

— Ah dotor! Acontece que está aí a sinhura...

— Já sei. Leve a senhora à minha sala.

Entrando, Giovanna lhe deu um sorriso enorme. Mãe do céu, que lábios e que dentes! Parecia mais elegante que da outra vez, mas bonita como sempre.

Estava usando um tailleur sério, com a saia na altura do joelho.

Por isso, quando se sentou, deixou à mostra as lindíssimas, compridíssimas pernas que o comissário, mesmo não querendo, se sentiu no dever de ficar olhando. Fosse como fosse, não estava mais com olheiras, já tinha se recuperado da morte do pai.

— Peço desculpas por ter feito a senhora esperar, mas houve um imprevisto desagradável que me obrigou a chegar atrasado.

A continuação deveria ser: porque deu na veneta da Livia, minha namorada, ir pra frente do fogão e eu, pra sair vivo dessa, precisei comer tarde num restaurante.

Mas essa explicação ele não deu, e por isso Giovanna disse logo de cara:

— Ora, imagine!

E sorriu de novo para ele.

Tinha mesmo uma boca!

— Sabe, não dava para falar do testamento ao telefone — começou ela. — A babá estava por lá...

— Entendo.

— Lembra que eu disse que houve um desentendimento entre meu pai e Arturo a respeito das vontades testamentárias?

Disse exatamente isso, vontades testamentárias.

— Lembro perfeitamente.

— Bem, no domingo seguinte meu pai me comunicou que tinha feito.

— O testamento?

— O testamento.

Mas da outra vez ela não estava em dúvida?

— Seu irmão também estava presente?

— Dessa vez não. Mas meu pai deixou claro que diria a ele também no dia seguinte.

— Então ele pegou uma folha, escreveu à mão o testamento, assinou e pôs num envelope, escrevendo em cima o clássico "minhas últimas vontades"?

— Deve ter sido mais ou menos assim. Deve ter deixado um testamento, como se diz, hológrafo.

— E como é que ele não pediu assistência do amigo tabelião?

— Não sei o que dizer.

— Então o testamento deve estar em algum lugar, na casa da praia ou na daqui.

— Acredito que sim. E de fato Arturo não vê a hora de tirarem os lacres para ele ir procurar.

— Posso poupar-lhe uma parte do trabalho. Diga a ele que na casa da praia não achamos.

Giovanna não pareceu surpresa.

— Fizeram buscas lá?

— Sim.

— E no apartamento?

— Ainda estão fazendo as buscas. Chegaram à parte de cima.

— Acho que ali não vão achar nada. Meu pai teria guardado em alguma gaveta da escrivaninha.

Sorriu, meio maliciosa.

— Guardava ali todos os seus segredos.

Montalbano decidiu dar uma estocada.

— Por exemplo, as fotografias pornográficas?

Ela aparou o golpe direitinho. Aliás, parecia que se divertia com a coisa.

— Agora estão com vocês?

— Agora não mais, já estão com o promotor.

O sorrisinho ficou mais malicioso.

O comissário teve a impressão de que ela havia feito um ligeiro movimento. De fato, a saia estava um tiquinho mais levantada.

— O senhor olhou?

Se quer me provocar, eu também vou te provocar.

— O suficiente. E a senhora?

— Dei uma olhada às escondidas, só uma vez. Caramba, não é nada agradável ver o próprio pai...

Mas não parecia nada incomodada.

— Vamos voltar ao testamento — disse Montalbano. — Se no fim ele não for encontrado, o que acontece?

— Arturo explicou que nesse caso a herança seria dividida em partes iguais entre nós dois. Como se meu pai tivesse morrido intestado.

Quantas palavras técnicas sabia aquela senhora!

— Concretamente, a vontade de seu pai não seria atendida.

— Exato.

Montalbano deu um lance propositadamente arriscado.

— Seu irmão sem dúvida sairia beneficiado por esse desaparecimento.

— Não se pode negar.

E logo depois:

— Mas, por favor, comissário, vá devagar, não tire conclusões apressadas.

Caríssima dona Giovanna, a senhora é uma verdadeira mestra em jogar a pedra e esconder graciosamente a mão.

— Por telefone a senhora mencionou que queria me pedir alguma coisa.

— Ah, sim. Mas antes preciso fazer uma pergunta. Quando fez as buscas na casa de praia, por acaso encontrou uma caixinha com um anel que no centro tem uma rosa de brilhantes? Não que o valor seja alto, mas, sabe, como acontece... é afetivo para mim.

— Mandei o subcomissário fazer buscas na casa de praia.

— E sabe se...

— Posso perguntar.

Da linha direta, ligou para o celular de Augello. Pôs no viva-voz.

— Em que ponto estão?

— Começamos faz só uma meia hora. Ainda temos umas duas horas de trabalho.

— O testamento?

— Nada.

— Escute, Mimì, quando vocês fizeram a busca na casa de praia, por acaso viram uma caixinha com um anel que no centro tem uma rosa de brilhantes?

— Vimos, estava no banheiro de cima, tinha caído no chão e se enfiado atrás de um movelzinho. Não era fácil ver.

— Está com quem?

— Deixamos a caixinha em cima da pia.

Montalbano desligou.

— Ouviu?

— Sim. Posso pedir um favor?

— Diga.

— Poderia ir pegar?

— Senhora, a casa de praia ainda está lacrada.

— Mas não há um jeito de...

— Seria preciso pedir ao promotor um...

— Mas isso demora um tempão! E eu estou precisando logo. Ainda mais se deixaram a caixa bem à vista.

Montalbano não entendeu o sentido das últimas palavras.

Estava para pedir uma explicação quando ela se levantou, nervosa. Foi até a janela.

A saia justa deixava bem à vista o planeta posterior.

— Por que precisa dele com tanta urgência? — perguntou Montalbano se levantando e indo ficar ao lado dela.

— Não quero que meu marido veja aquele anel — respondeu em voz baixa, sempre olhando pela janela. — Poderia provocar uma tragédia! O nosso casamento iria por água abaixo.

Tinha um amante! E até bastante rico! E isso explicava a roupa de grife, a babá...

Depois se virou, deu um passo em direção ao comissário, agora estava tão perto que ele sentia o calor do corpo dela, o ar da sua respiração.

— Não pode mesmo fazer nada por mim?

Montalbano sentiu um ligeiro arrepio e recuou até chegar à zona de segurança.

— Olhe, minha senhora...

— Por favor.

E se aproximou novamente.

— A senhora tem as chaves da casa de praia? — perguntou Montalbano.

— Tenho. Estão aqui comigo.

— Olhe, eu poderia... mas...

— Mas? — perguntou ela, ansiosa.

— Precisaria ir junto.

— O senhor não imagina como eu ficaria agradecida!

E o olhar longo e profundo que lançou fez Montalbano suar frio.

Foram para a casa de praia, cada um em seu carro, de modo que Giovanna, logo que recuperasse o anel, pudesse ir embora para Montelusa.

O comissário retirou os lacres, Giovanna abriu a casa com suas chaves. Dentro, a escuridão, porque as venezianas estavam fechadas.

Montalbano apertou o interruptor, mas a luz não se acendeu. Devia ter sido desligada.

— Sabe onde fica o quadro de luz?

— Atrás da casa. Mas podemos abrir as janelas.

E, sem esperar a permissão de Montalbano, abriu uma. Depois se dirigiu para a escada. Ela subiu na frente, ele atrás.

No andar de cima, escuridão total. Montalbano parou, ela foi até o banheiro, abriu as janelas.

Ele ouviu uma exclamação dela:

Não tinha nem dado uma olhada para a cama onde o pai tinha passado a última noite com uma mulher.

Depois parou de repente, se virou e correu para o outro dormitório.

Montalbano, pego de surpresa, demorou alguns segundos para segui-la.

A veneziana não tinha sido aberta. Mais do que ver, o comissário adivinhou que ela estava deitada de través na cama de casal, com o rosto afundado no travesseiro.

Soluçava.

Ele foi até a janela e deixou entrar um pouco de luz. Depois se virou. Ela, sempre na mesma posição, levantou o braço direito e o chamou, fazendo sinal com a mão.

Queria ser confortada.

Nunca, nem por todo o ouro do mundo, mesmo morrendo de vontade, ele teria se deitado numa cama com ela.

— Espero lá embaixo — disse.

Desceu, foi abrir a porta e fechar a veneziana. Ouviu que ela começava a descer as escadas. Ficou esperando ao lado da porta. Fez sinal para ela passar. Mas ela, assim que chegou perto, se virou de supetão e encostou os lábios na bochecha dele. Ficou assim mais que o tempo devido, apertando cada vez mais.

— Obrigada.

Aquela sem dúvida era a investigação em que ele tinha sido mais beijado por mulheres.

Saíram, ela fechou à chave, o comissário recolocou o lacre.

Ela abriu a porta do seu carro e lhe estendeu a mão. Montalbano a apertou, mas Giovanna não a largou. Continuava a olhá-lo nos olhos.

— Jantaria comigo uma dessas noites?

— Sim — disse Montalbano.

De qualquer modo, Livia ia embora.

Era cedo demais para voltar a Marinella, por isso deu uma passada pelo comissariado. E logo Fazio entrou em sua sala.

Ia começar a falar, mas parou de repente, olhando para a cara dele.

— Que foi?

— Nada, nada — disse evasivo.

— Alguma novidade?

— Acho que descobri o nome.

— Qual?

— Giuseppe Pace, que tinha uma grande loja de sapatos. Precisou recorrer a um empréstimo de Barletta e ele lhe chupou o sangue. A mulher está numa casa de saúde em Montelusa. Não que esteja propriamente louca. Mas já não anda boa da cabeça.

— Então tudo se encaixa.

— Assim parece.

— Tem o endereço?

— Tenho, sim.

— Vá buscar o homem. Quanto demora?

— Se estiver em casa, volto em meia hora.

Enquanto esperava, Mimì Augello chegou e pôs em cima da escrivaninha dele um caixote de papelão bem grandinho.

— Estou todo empoeirado. Quero ir logo tomar um banho.

— Acabaram?

— Acabamos.

— Encontraram outras cartas com ameaças?

— Não.

— O testamento?

— Nada. Mas é certeza que esse testamento existe?

— Sei lá. Provavelmente não, apesar de ele ter dito aos filhos que tinha feito.

E depois perguntou, indicando o caixote:

— O que tem aí dentro?

— Toda a correspondência amorosa de Barletta. Ou pelo menos as cartas e os bilhetes que ele recebeu.

— Estava na parte de cima?

— Não. Como você me deixou com a pulga atrás da orelha, fui de novo dar uma mexida na escrivaninha. Você sabe como ela é, não? Parece um castelo. Me deu na telha que talvez fosse um móvel do bisavô dele. E depois lembrei que essas escrivaninhas tinham gavetas secretas. Bom, pelejei e acabei descobrindo duas. Numa estavam as cartas de uma mulher só, porque são seis; na outra, todo o resto.

— Como você percebeu que as que estavam numa gaveta separada são da mesma mulher? Estão assinadas?

— Não estão assinadas. Mas dá pra ver muito bem que todas têm a mesma caligrafia.

— Você leu?

— Não. Não deu tempo.

— Então leia. Essas e as outras.

— Trabalho demorado. Escute, Salvo, Agora já é tarde, leio amanhã de manhã.

— Preciso perguntar mais uma coisa. Como é que ele conseguia tirar as fotografias sem ser percebido?

Mimì explicou.

— Alô, doutor?

— Diga, Fazio.

— Fui até a casa de Pace, toquei, mas ninguém atendeu. Então pedi informação para uma vizinha, e ela disse que o Pace vai dormir todas as noites na casa da filha, em Montelusa, e volta de manhã, lá pelas nove. O que eu faço? Vou até Montelusa? Tenho o endereço.

— Não precisa. Traga o homem amanhã de manhã lá pelas nove e meia.

— Doutor, desculpe. E se ele der no pé?

— E por que daria no pé? Se não deu até agora...

— Vai que ele fica sabendo que andamos revistando as residências de Barletta, considerando que escreveu uma carta comprometedora, então...

— Assumo a responsabilidade. Vá amanhã.

— Como vossenhoria quiser.

No olho e no faro, ele sentia que o motivo do assassinato duplo de Barletta não era nenhuma vingança de um coitado forçado à falência, mas alguma coisa bem mais complexa.

Visto que tudo tinha sido adiado para o dia seguinte, ele foi para Marinella pouco depois das sete.

Livia, como Montalbano imaginava, não estava.

Devia ter ido aporrinhar o andarilho.

Precisava avisar àquele pobre coitado que Livia ia embora logo, senão ele era capaz de ficar desesperado e querer mudar, procurar outra gruta.

Quem começa a viver desse jeito dificilmente faz isso porque é da sua índole, é claro que foi levado pelas circunstâncias e não quer mais saber do resto da humanidade.

Então por que perturbar o sujeito, fazendo de conta que faz isso por um sentimento de caridade, quando na verdade se trata de pura, simples e egoísta curiosidade?

Sentou na varanda com um copo de uísque numa das mãos e cigarros e isqueiro na outra.

Era uma noite de tanta belezura que enternecia o coração não só de quem era de mar mas também de quem era de terra.

Nove

Não pôde deixar de começar a pensar nas circunstâncias do assassinato de Barletta e, de repente, se lembrou de uma coisa que tinha deixado completamente de lado e que se referia ao tipo de veneno posto no café dele.

Mas, para ter essa informação, precisava telefonar para o Pasquano, não tinha jeito, mesmo que fosse para enfrentar uma tonelada de insultos.

Levantou, foi para dentro, discou o número da casa do médico.

Uma voz feminina atendeu. Era a mulher dele.

— Aqui é Montalbano, minha senhora. Gostaria de falar com seu marido.

— O senhor sabe que a esta hora ele está comendo?

A pergunta da mulher, na realidade, era uma advertência gentil que podia ser traduzida da seguinte maneira: o senhor se dá conta do risco que está correndo?

De fato, tendo já passado por aquela experiência, sabia que perturbar Pasquano quando ele estava comendo era o mesmo que tirar uma gazela da boca de um leão.

— Desculpe insistir, minha senhora, mas...

— Está bem — disse a senhora, resignada.

O telefone devia ficar perto da sala de jantar, porque ele ouviu claramente a mulher dizer:

— Montalbano no telefone.

Logo em seguida chegou aos ouvidos dele uma espécie de poderoso rugido bestial, ou melhor, o bramido de um elefante ferido. Montalbano estava preparado para aquela reação, senão teria ficado tão apavorado que desligaria. Depois, o bramido se transformou numa voz humana enfurecida:

— Fala pra ele ir tomar no...

E a mulher:

— Fala você.

Pasquano pegou o fone, coisa que o comissário percebeu por causa do rangido dos dentes do outro lado da linha.

— Mas até na hora de comer em casa o senhor precisa vir encher o saco da gente?! Sabe que o senhor não é um ser humano, é um robô enche-saco?

— Escute, doutor...

— Sabe qual é a minha mais elevada aspiração? Fazer sua autópsia!

— Doutor, desculpe, mas...

— Não desculpo! Aliás, amaldiçoo o senhor por toda a eternidade! Mas que merda é que o senhor quer?

— O veneno paralisante de que falou, aquele com que mataram Barletta, onde se encontra?

— O que significa onde se encontra? Que droga de pergunta é essa? Os seus miolos derretidos não conseguem formular uma pergunta que tenha um mínimo de senso comum?

— Quero dizer, é vendido em farmácia?

— Não, em supermercado. Às vezes pode ser encontrado até em banca de feira livre!

— Doutor, faça o favor!

— Não se vende em farmácia. É empregado em doses mínimas para uso hospitalar.

— Pode dizer o nome?

— É capaz de escrever?

— Vou tentar.

Ditou o nome soletrando. Depois concluiu:

— E agora pode ir buscar na...

O comissário desligou.

O fato de o veneno só ser encontrado em hospitais no fundo não era má notícia.

Tinha acabado de se sentar de novo na varanda, ouviu a porta de casa se abrir e se fechar.

Levantou, entrou, foi ao encontro de Livia.

Os fatos que se seguiram imediatamente talvez ganhem mais realce se forem contados como num roteiro cinematográfico:

Plano geral. Livia e Salvo se encontram quase no centro da sala. Os dois estão sorridentes.

Close de Livia, de cujo rosto o sorriso desaparece de repente.

Close de Salvo, que também para de sorrir, perguntando-se, surpreso, por que Livia deixou de sorrir.

Plano geral. Os dois se entreolham, imóveis.

Detalhe do braço direito de Livia se levantando.

Primeiro plano do rosto de Salvo recebendo uma bofetada violenta.

Voz *off screen* de Livia:

— Porco! Nojento!

Plano geral. Livia sai de cena correndo. Salvo põe a mão na face esbofeteada e fica parado.

Close de Salvo, sempre com a mão no rosto, transtornado, confuso, incrédulo.

Mas o que tinha dado nela? Estava louca? Era a primeira vez que se arriscava a lhe dar um bofetão! Afinal, por qual motivo? Se ele era inocente como Cristo!

Ficou louco de raiva. Se mexeu, saiu atrás dela. Ela havia se trancado no banheiro.

— Livia, abra!

Nenhuma resposta. Sacudiu a maçaneta, furioso.

— Abra!

Nada de novo. Com raiva, deu uma ombrada na porta, que não se moveu nem um centímetro.

Recuou, ganhou impulso e deu outra ombrada. Ele se machucou, do outro lado da porta o banheiro todo tremeu, mas sem nenhum resultado.

— Se você não sair daí, chamo a polícia! — gritou Livia.

— Pare de falar bobagem, a polícia sou eu!

— Então vou chamar os carabineiros!

Estacou no meio da corrida à porta para a terceira ombrada.

Aquela ameaça era grave. Era melhor não fazer besteira. Se os carabineiros se metessem, aquilo ia virar piada.

Deu um último pontapé na porta, mas sem convicção, e desistiu do assalto.

Decidiu na mesma hora pegar o carro e ir comer sozinho.

No hall de entrada havia um espelho. Passando pela frente dele, instintivamente se olhou.

E entendeu a razão de Livia lhe ter virado um bofetão.

Na bochecha direita estavam estampados, de batom, dois lábios femininos.

Eram de Giovanna, de quando ela lhe deu aquele beijo na saída da casa de praia.

Por isso Fazio tinha olhado de modo estranho! Mas por que não se sentiu na obrigação de avisar?

Voltou, se apoiou na porta do banheiro.

— Livia, acredite, posso explicar tudo.

Tinha se armado de santa paciência, atrás daquela porta ele poderia ficar horas inteiras.

Quando Livia decidiu abrir, quarenta e cinco minutos depois, olhou para ele e logo fechou outra vez.

— Ó, meu Deus, Livia, não comece tudo de novo!

— Tire esse batom nojento da cara!

— Mas, se você não me deixa entrar no banheiro, como...

— Vai lavar na cozinha!

Abriu a torneira da pia, lavou o rosto, enxugou com um pano de prato que fedia a lavagem.

Enquanto isso, Livia tinha ido se sentar na varanda. Olhava fixo para o mar.

— Posso me sentar?

Ela seguiu olhando o mar. Seguindo a regra do "quem cala consente", Montalbano se sentou de frente para ela.

— Você está me tirando a vista.

Isso significava que podia se sentar ao lado dela.

— Quer que eu explique?

— Não me interessa.

— Desculpe aí, se não interessa, por que me deu um bofetão?

— Porque você é um porco.

— Interessa conhecer a versão do porco?

— Então você admite que é.

— Só para ser ouvido.

Ela não replicou, e ele contou toda a história do assassinato de Barletta. Enquanto ele falava, Livia ia se interessando cada vez mais, tanto que na metade já não estava olhando para o mar, mas para ele. Interrompeu só uma vez, quando ele falou das fotografias que Barletta tirava das moças.

— Todas consentiam?

— Algumas.

— E como ele fazia com as que não topavam?

— Fotografava às escondidas. Mimì, que fez as buscas, me explicou que ele havia colocado duas máquinas fotográficas comandáveis com controle remoto em cima dos armários dos quartos, tanto na casa de praia quanto na da cidade. Nos últimos tempos também usava o celular.

— Continue.

No fim ela disse:

— Desculpe.

E se jogou nos braços dele.

Montalbano tinha deixado de mencionar só um detalhe absolutamente sem importância: o convite de Giovanna para jantar, que logo foi aceito.

A reconciliação seguiu todas as regras de reconciliação entre um homem e uma mulher que se gostam de verdade. Por isso, Montalbano se levantou da cama às dez e meia da noite com uma fome de matar. Mas, até tomar banho, trocar de roupa e sair, se passaria uma hora, e eles não encontrariam restaurante nenhum aberto.

Foi para a cozinha, abriu a geladeira. Encontrou azeitona preta, queijo, *caciocavallo* e presunto, evidentemente trazidos por Livia quando tinha feito compras.

Dava para quebrar o galho. Mas logo pensou: "Deus me livre de Livia ter a ideia de fazer um pouquinho de macarrão!"

Quando acabou de aprontar a mesa na varanda, foi chamar Livia.

— Hoje à tarde fui ver o Mario — disse enquanto comiam.

Ele não conhecia nenhum Mario.

— Quem é esse?

— Como assim, quem é esse? O nosso amigo da gruta.

Ele estava certo! Ela havia ido azucrinar o andarilho!

— Escute, Livia, talvez fosse melhor você não... acho que esse senhor quer ser deixado em paz.

— Pois você se engana.

— Por quê?

— Porque comigo ele bate papo. E é evidente que gosta de conversar. Fica contente por eu ir falar com ele. Sabe o que ele disse assim que entrei? "Estava esperando a sua visita." Entendeu?

— A sua curiosidade foi satisfeita?

— Não. Do que fazia antes nunca fala. Mas não sei se consegui satisfazer a dele.

— E qual era a curiosidade dele?

— Você.

Montalbano achou estranho.

— Eu?! E o que ele queria saber sobre mim?

— Não me perguntou diretamente, mas entendi que queria informações sobre o seu caráter, qual é o seu comportamento em certas ocasiões, se você é compreensivo, coisas assim.

Montalbano estava embasbacado com o interesse do andarilho por ele. Será que tinha cometido alguma contravenção e queria aproveitar a oportunidade para falar de homem para homem sobre o assunto?

— Também disse uma coisa que na hora não entendi porque ainda não estava sabendo do homicídio desse Barletta.

— O que ele disse?

— Que tinha conhecido esse Barletta cinco anos atrás, quando morava perto da casa de praia dele. E que, depois de mudar para outra região, não o viu mais.

Acabaram de comer. Livia tirou a mesa, Montalbano ajudou e depois foram se sentar na frente da tevê, que ele ligou.

Então se materializou a cara de cu de galinha de Pippo Ragonese, o principal jornalista da Televigata.

> *... portanto, de acordo com vazamentos, soube-se que o contador Barletta, paradoxalmente, foi morto duas vezes por dois assassinos diferentes. Mas nessa tragédia há uma nota cômica que não podemos deixar de destacar: os assassinos são dois, mas o brilhante comissário Montalbano não consegue encontrar nem um! Talvez isso se deva à...*

A que se devia, o comissário nunca soube.

Livia tinha se levantado de chofre e mudado de canal.

— Mas por que você fica ouvindo esse imbecil?

— Acho divertido.

— Divertido?! Também masoquista você é!

— O que significa "também"? Além de masoquista o que mais eu sou?

— A lista seria longa, e eu estou com vontade de ver um filme.

— Estou com sono, vou dormir — disse Livia quando o filme acabou.

Montalbano ficou ainda um tempinho vendo tevê. Depois, assim que ouviu Livia sair do banheiro, também se levantou. Quando estava pronto para se deitar e entrou no quarto, viu Livia, nua, trepada numa cadeira, com o braço levantado, tateando em cima do guarda-roupa.

— O que está fazendo?

— Quero ver se você também tem máquinas fotográficas.

Além de masoquista, também voyeur e que mais ele era? Avançou num pulo, pegou Livia pela cintura com um gesto de jogador de rúgbi e a derrubou atravessada na cama.

Mais tarde, Livia disse:

— Amanhã é o meu último dia aqui, nós poderíamos ficar preguiçando na cama.

— Você sim, eu não.

— Por quê? — perguntou Livia, decepcionada.

— Lamento muito — disse Montalbano.

E lamentava mesmo.

— Mas amanhã às nove e meia tenho um encontro.

— Com aquela mulher, como se chama, Giovanna? — perguntou Livia, erguendo o corpo, pronta pra briga.

— Calma. Não comece tudo de novo, pelo amor de Deus. É um homem que escreveu para Barletta, ameaçando-o de morte.

Livia olhou para ele, desconfiada.

— Não acredito.

Irra, que chatice aquela ciumeira!

— Juro!

— Sei, sei!

O que ele podia fazer para ela se convencer? Teve uma ideia.

— Escute, existe uma solução. Amanhã de manhã eu te acordo e você vai comigo ao comissariado, assim vê com seus próprios olhos se estou dizendo a verdade ou não. E agora me dê um abraço.

Às oito da manhã ele sacudiu Livia para acordá-la.

— Mmm?

— Levante.

— Mmm?

— Combinamos que você vai comigo ao comissariado.

— Bah! — disse ela, virando para o outro lado e pegando de novo no maior sono.

— Como queríamos demonstrar — pensou o comissário.

Giuseppe Pace tinha uns sessenta anos, era acabado e se vestia mal.

Assim que o viu, o comissário se convenceu de que aquele sujeito não era capaz mesmo de matar ninguém.

— O senhor Fazio me explicou por que o senhor quis falar comigo. Juro, comissário, escrevi aquela carta num momento de...

Os olhos se umedeceram. Tentou continuar a frase, mas não conseguiu.

Soluços repentinos começaram a sacudir seu peito.

Mas pra que que eu estou aqui torturando esse infeliz? — perguntou-se Montalbano.

Olhou para Fazio, que correspondeu ao olhar. Tinham conversado com olhares, e Fazio tinha dito que achava o mesmo sobre aquele coitado. E, de fato, Fazio disse, com voz apagada:

— Encontrei o senhor Pace na igreja. Mandou rezar uma missa pela alma de Barletta.

— Não, não, engano seu, estava mandando rezar pela minha! — interveio Pace. — Pelo mau pensamento que tive quando desejei a morte daquele infeliz!

— Considerava que ele era um infeliz?

— No começo, não. Mas, depois que escrevi aquela carta, comecei a imaginar como é um homem desses. Um pobre infeliz é o que era! Nunca devia ter descanso! Devia amargar o inferno na Terra! Quanto mais tinha, mais queria! Não tinha nada que chegasse, dinheiro, mulheres... E um homem assim não é infeliz?

Montalbano, ouvindo essas palavras, sentiu uma comoção interna.

Pace tinha ido além do perdão, tinha chegado a descobrir, a entender e a se compadecer da profunda, infinita infelicidade que havia na alma de quem o feria mortalmente.

"Vai ver que aqueles que são chamados de santos na igreja são pessoas assim", pensou.

À sua cabeça não vieram palavras para dizer.

Foi Fazio quem falou, depois de pigarrear.

— Além disso, queria dizer que o senhor Pace tem um álibi. A noite de sábado para domingo, quando mataram Barletta, ele passou na clínica, porque a senhora dele tinha tentado suicídio. Não confirmei, mas mesmo daqui posso saber se...

— Peço-lhe sinceras desculpas por tê-lo perturbado — disse Montalbano, levantando-se de chofre. — Não vou retê-lo mais. Fazio, acompanhe esse senhor até onde ele precisar ir.

Mesmo que até o paraíso, teve vontade de acrescentar, mas ficou no pensamento.

— Depois vai precisar de mim? — perguntou Fazio.

— Não. Tenha um bom dia.

E agora? Era certo que, se voltasse cedo demais para Marinella, Livia ia armar um arranca-rabo.

"Mas, se era uma coisa assim, que tomou só uns dez minutos, você não podia adiar?"

"Veja bem, Livia..."

"Não, você fez de propósito para ficar o mínimo possível comigo!"

Por outro lado, podia ficar cozinhando o galo no escritório? Nem Catarella estava lá para ele passar o tempo, era dia de folga dele.

Tudo bem, ia enfrentar o ressentimento de Livia. Podia acabar com o mau humor dela propondo irem de carro comer lá pelos lados de Fiacca, já que o céu não tinha nem uma nuvem.

Foi. Estava para fazer a curva e entrar na ruela que levava à sua casa, quando viu o andarilho saindo da gruta. Levou o carro para o acostamento, parou, desceu. O homem já tinha chegado perto dele.

— Bom dia, comissário.

Estava usando o seu terno, os seus sapatos e uma das camisas de Adelina com extrema naturalidade, dava pra ver que tinha sido acostumado a se vestir bem.

— Bom dia. Queria lhe pedir desculpas.

— Pelo quê?

— Sabe, Livia talvez não tenha percebido que...

— Pelo amor de Deus! É uma pessoa refinada! Suas visitas me dão prazer, realmente!

— Amanhã de manhã ela viaja, portanto...

— Que pena. O senhor também viaja?

— Não. Se precisar de alguma coisa, sabe onde me encontrar.

— Agradeço. Talvez ainda tire proveito de sua cortesia. Tenha um bom dia.

— O mesmo para o senhor.

Ligou o motor, pôs o carro em movimento.

Por que quando falava com aquele homem sempre se sentia um pouco acanhado?

Dez

Estava pondo a chave na fechadura, mas Livia abriu a porta antes, toda arrumadinha.

— Ouvi o carro chegando. E aí? O compromisso foi assim curto? Ficou bem pouco tempo no comissariado!

Melhor mudar logo de assunto.

— Aonde está indo?

— Pegar o ônibus para Vigàta. Esqueci de dizer que ontem falei com a Beba pelo telefone, fazia tanto tempo que não conversávamos, e decidimos nos encontrar agora de manhã só nós duas.

— Volta quando?

— Não volto, porque você vai se encontrar com a gente...

Que novidade era aquela?

— ... porque vamos almoçar na casa deles.

Tudo pronto, tudo combinado. Mas nem tinha se dignado a perguntar a opinião dele.

Não se entusiasmava muito com a perspectiva de comer com Mimì Augello e Beba, a mulher dele. A mais pura verdade era que ele não gostava de almoçar na casa de ninguém, com raras exceções. Como cozinheira, Beba até passava, mas o fato é que, quando a gente recebe um convite para almoçar, precisa conversar, não pode entrar mudo e sair calado. E ele, quando comia, não gostava nem um pouco de falar.

Além disso, Mimì, para justificar várias escapadas de casa em certas noites e madrugadas, tinha contado à mulher que precisava trabalhar por ordem do chefe.

Ora, se Beba fizesse perguntas sobre alguma incumbência noturna do marido, ele era bem capaz de ficar confuso, responder uma coisa por outra, e a conversa ia acabar mal.

— Escute, lamento muito, mas não vou conseguir mesmo ir ao almoço com Beba — disse decidido.

— Por quê?

— Preciso fazer uma coisa mais tarde e não sei absolutamente quando vou terminar. Mas, se quiser, posso lhe dar uma carona.

Livia entrou no carro.

— Pelo menos à noite você vai estar livre?

O que significava aquela pergunta? Quer apostar que tinham organizado mais alguma chatice? Melhor se prevenir.

— Olha, só vou saber depois de fazer essa coisa. Seja como for, ligo para o seu celular e digo.

— É que a Beba queria tanto, mas tanto, que nós quatro fôssemos ver algum filme.

Ainda bem que tinha se prevenido, porque Beba tinha um gosto horrível em matéria de cinema.

Encontraram Beba em frente à porta de casa.

— E Salvo? — perguntou Montalbano.

Salvo era o filho de Beba e Mimì, e os dois tinham posto nele o nome do comissário.

— Está com a minha mãe, que passa uns dias conosco.

Então a sogra de Augello também estava lá. Era uma mulher legal, e seu único defeito era falar pelos cotovelos do amanhecer ao anoitecer. Mimì tinha contado que ela falava até dormindo.

Escapava de boa! Senão, ia comer com um fundo contínuo de falatório!

— Infelizmente Salvo não vai poder ficar para almoçar — disse Livia.

— Já tinha imaginado! — disse Beba.

— Por quê? — perguntou Montalbano, curioso.

— Como você convocou o Mimì para meio-dia e meia, achei que você também... — respondeu Beba.

Montalbano entendeu na hora que Mimì tinha tido a mesma ideia que ele! Devia ter contado à mulher uma solene balela para não participar do almoço!

— Por que você não me disse que Mimì também não... — começou a perguntar Livia.

— Esqueci. Mas talvez seja melhor. Assim vocês duas vão poder conversar suas coisas longe dos ouvidos masculinos!

Deu um beijo em Livia, outro em Beba e puxou o carro.

Assim que ficou fora de alcance, ligou para o celular de Mimì.

— Onde você está?

— No comissariado.

— Fazendo o quê?

— Porra nenhuma. Cozinhando o galo porque...

— Já sei por quê. Eu te convoquei para meio-dia e meia. Mas você chegou adiantado!

Riram.

— Vai comer onde? — perguntou o comissário.

— Não sei.

— Escute, espere aí que estou chegando.

Mimì foi esperar no estacionamento.

— Sobe aí que vou te levar para Fiacca — convidou o comissário. — Vamos papar uma bela lagosta, você não sabe a vontade que eu tenho, pode acreditar, faz um século que não como uma.

— Tudo bem — disse Augello. — Mas vamos fazer a coisa certa. Sobe você no meu carro.

— Por quê?

— Salvo, se a gente for no seu, você guiando, vamos chegar às três da tarde, com a velocidade que você anda.

No meio do caminho, Montalbano perguntou:

— Teve tempo de olhar as cartas?

— Olhei. Mas não as seis que estavam numa gaveta separada, são compridas e acho que merecem ser lidas com muita atenção, sem pressa. Só li as da outra gaveta, eram muitas, muitas.

— E aí?

— Ói, Salvo, as cartas propriamente ditas devem ser, assim por cima, umas dez.

— Achei que eram mais.

— Sim, mas as outras eram bilhetes de uma ou duas frases. Noventa por cento não têm assinatura.

— O que dizem?

— Na maioria dos casos se referem à fase em que Barletta se cansava de alguém e começava a faltar aos encontros. "Por que ontem você não apareceu no encontro?" Ou então: "Se me tratar como me tratou da última vez, não sei se vou ou não." Reconheci até os bilhetes de Stefania, que eram uma verdadeira encheção de saco.

— Mas por que escreviam e não telefonavam?

— Também me fiz essa mesma pergunta até que li um bilhete que dizia: "Já que você não quer atender o telefone..." Entendeu? Quando começava a largar alguma, a primeira coisa que ele fazia era deixar de atender o telefone.

— E as cartas?

— Quatro, todas com a mesma caligrafia, são interessantes, mas não para a investigação.

— E para o quê?

— Para conhecer os gostos sexuais de Barletta. Em cada carta a mulher faz uma espécie de rememoração geral do que eles tinham feito da última vez. E faz propostas de coisas que poderiam fazer no encontro seguinte. Devo admitir que os dois tinham bastante imaginação.

— E as outras?

— São só duas com alguma importância.

— Assinadas?

— Não. Na primeira a moça desconfia que Barletta está caindo fora, na segunda tem certeza. Lendo essa última a gente percebe que ela está apaixonada mesmo por ele. A carta termina dizendo que ele vai pagar caro se a abandonar.

— Mimì, por que você diz que essa carta tem certa importância? A mim ela parece importantíssima! É uma ameaça de morte!

— Salvo, é ameaça de mulher!

— E o que significa isso?

— Ói, Salvo, ameaça assim já recebi pelo menos três e ainda estou aqui te levando pra Fiacca.

— Seja como for, quero ver.

— Amanhã levo pra você.

— E leia as outras, por favor.

— Enquanto estava lendo os bilhetes e as cartas — disse Mimì depois de uma pausa — me lembrei das fotografias que vi e procurei fazer uma espécie de brincadeira que não deu certo.

— Qual?

— Combinar algumas cartas e alguns bilhetes com alguma das moças fotografadas. Mas não consegui. É verdade que fotografar todas as moças que ele tinha conquistado me parece uma coisa meio de louco.

— Mimì, você, quando era pequenininho, colecionava selos?

— Não. Mas o que isso tem a ver?

— Tem que essa também é uma forma de colecionismo. Existem muitos erotômanos. Dizem que D'Annunzio guardava num armário construído de propósito os pelos pubianos das mulheres que tinham passado pelas mãos dele.

Depois deu uma alfinetada no amigo:

— É estranho você, que ama tanto as mulheres, não...

— Gosto das de carne e osso — cortou Augello.

Depois de uns dez minutos, ocorreu outra pergunta ao comissário:

— Será que Barletta tinha algum cofre em casa?

— Tinha. Um na moradia daqui e um na casa de praia. Não um cofre propriamente dito, mas caixa de segurança embutida na parede, daquelas que costumam ficar escondidas atrás de um quadro.

— Abriram?

— Sim.

— Onde estavam as chaves?

— As duas no mesmo lugar: na gaveta do criado-mudo dos quartos.

— O que havia dentro?

— Na da praia, só dez mil euros, na daqui duzentos mil euros, um Rolex e umas joias.

— Você fez o inventário?

— Em duas cópias. Uma mandei para o Tommaseo.

— Portanto, nada foi roubado. O homicídio não foi com a intenção de roubar.

— É o que parece.

No restaurante, Mimì fez uma tentativa de pôr queijo parmesão por cima do macarrão com vôngole, mas Montalbano agarrou o braço dele, afirmando que o cortaria com um golpe só se ele ousasse cometer aquele sacrilégio.

A lagosta que trouxeram para o comissário estava uma delícia.

Mimì, que não era muito chegado a coisas do mar, pediu um pedaço de coelho à caçadora.

Em suma, passaram muito bem.

Na volta, Montalbano perguntou:

— O que você vai fazer mais tarde?

— Bom, hoje à noite vou ao cinema com as nossas mulheres. E você?

— Escute o que eu vou fazer, assim vai saber como agir.

O comissário tirou o celular do bolso e ligou para Livia.

— Como eu tinha previsto, infelizmente não vou poder ir ao cinema com vocês. Mas consegui liberar o Mimì, que vai lhes fazer boa companhia. Como ficamos?

— Às dez horas estarei em casa — disse Livia, desligando.

— E, se me perguntarem que compromisso tivemos, sabe como elas são curiosas, o que digo? — perguntou Mimì.

— Que fizemos uma longa tocaia que não deu em nada e por isso preciso continuar sozinho. Me leve até o comissariado.

— E hoje à noite aonde você vai?

— A Montelusa, estão passando um filme com De Niro e Al Pacino.

— E se as mulheres decidirem ver esse filme também?

— Que nada! A Beba nunca ia ter a ideia de convidar para um filme assim!

Abriu a porta de casa às nove e meia. Naturalmente, Livia chegou às dez em ponto.

— Mas então você faz de propósito? — foi seu comentário, assim que o viu.

— O quê?

— Estar em casa. Desde quando está aqui?

— Desde as nove e meia.

— Mas nós tínhamos marcado encontro às dez! Como da outra vez. Meia hora de diferença conta! Assim você me faz sentir culpada!

— Está brincando? Não faço de propósito! Pense bem. Esta é minha casa, não tenho liberdade de chegar quando quero? Mas por que precisamos brigar sempre?

— Desculpe. Estou um pouco nervosa. Dizendo bobagens.

— Por que está nervosa?

— Antes de voltar para casa passei pelo Mario e percebi que ele não estava bem. Tinha um pouco de febre. Fico preocupada por ter de ir embora amanhã cedo e deixá-lo sozinho. Prometa que...

— Está bem, já entendi. Prometo que amanhã, pela manhã ou à tarde, vou ver como ele está.

— Comeu?

— Um sanduíche. Sabe como é, quando a gente faz tocaia...

Livia enrugou a testa.

— Como foi que Mimì disse que tinha comido coelho à caçadora?

Filho da mãe!

— Bom, eu o mandei comer, por um pouco de tempo eu podia continuar a tocaia sozinho.

Livia engoliu a mentira. Montalbano mudou de assunto.

— O que foram ver?

— Uma história de amor entre adolescentes, absolutamente banal. Dava para ver já pelo título. Mas a Beba gosta, então...

— Escute, onde vamos comer?

— Faz mesmo questão de sair? É a última noite que passamos juntos. Está com fome?

— Bom, como comi só um sanduíche...

— Vamos ver o que há na cozinha e, se for bastante, eu poderia preparar alguma coisinha. O que acha?

— Ótima ideia! — disse o comissário. — Vá lá!

Estava tranquilo, já tinha verificado enquanto esperava a volta dela. De fato, logo depois Livia saiu da cozinha decepcionada.

— Acho que vamos precisar sair mesmo.

— Que pena! — exclamou o notório hipócrita Salvo Montalbano.

E levou Livia para comer no Enzo.

— Estamos com pressa — disse Livia.

— Vocês vão esperar o mínimo possível — prometeu Enzo.

Depois de duas horas, estavam de novo em Marinella.

— Vamos tomar um trago? — propôs Livia.

Enquanto ela abria a porta-balcão da varanda, Montalbano foi pegar uma garrafa de vinho branco gelado para Livia e a garrafa de uísque para ele. Ficaram sentados lado a lado no banco. Livia bebeu meia taça e apoiou a cabeça no ombro de Montalbano. E ele esticou o braço para enlaçar a cintura dela.

E ficaram assim, bebendo em silêncio e admirando a noite.

Na manhã seguinte, ele levou Livia a Montelusa para pegar o ônibus das sete para Punta Raisi.

Montalbano lhe deu um abraço muito forte e ficou nesse abraço tanto tempo que Livia se admirou.

— O que foi?

— Estou triste porque você vai embora.

— Está se sentindo bem?

— Muito bem, não se preocupe.

Mas não era verdade.

Sentia que Livia ia lhe fazer muita falta.

No caminho de volta, foi assaltado por uma forte onda de melancolia.

Isso sempre acontecia quando Livia ia embora, mas aquela era mais forte que as anteriores.

Sinal de velhice?

Mas dessa vez, junto com a melancolia, ele sentia uma pontinha de contrariedade pessoal, sem saber explicar a razão.

Como a manhã parecia de mentira, tão bonita estava, virou o volante, entrou numa trilha, percorreu uns cem metros, parou o carro, desceu e começou a caminhar no meio de amendoeiras e de oliveiras-sarracenas, essas últimas cada vez mais raras.

E de repente achou a explicação para seu estado de espírito. Desta vez, a melancolia por causa da ida da pessoa amada se somava à consciência da sua solidão.

Uma solidão povoada pelo pessoal do comissariado, é verdade, mas sempre solidão.

Quase todas as noites da vida ele passava sozinho, sozinho ia comer, sozinho ia passear. Não tinha nenhum amigo com quem falar sobre seus problemas, pedir um conselho, fazer confidências.

Antes gostava. A solidão dava sensação de liberdade. Mas agora, nos últimos tempos, a solidão começava a pesar.

— No fundo — pensou —, que diferença existe entre a minha vida e a vida do andarilho lá na gruta?

— Não fale besteira — logo respondeu o outro Montalbano. — A primeira diferença é que a tua vida é útil para os outros, ao passo que a do andarilho é inútil. Outra coisa: o andarilho deve ter sido forçado à solidão pelas circunstâncias, ao passo que você vive sozinho por livre escolha. Que nem ontem, quando ficou o dia todo fazendo o que bem entendia, enquanto a Livia estava por aqui. E, quando você ficar de saco tão cheio ou com tanto medo da solidão que já não aguentar mais, é só chamar a Livia para passar mais tempo com você.

Ficou um pouquinho mais tranquilo.

E deve ter sido por causa desse raciocínio que, chegando a Vigàta, continuou até Marinela para ver o homem da gruta.

— Como vai? Livia me disse que ontem estava com um pouco de febre.

O homem estava sentado na cadeira esculhambada. Quando o comissário entrou, ele se levantou. Deram as mãos.

— Medi a febre, está diminuindo. Não se preocupe, é uma gripe banal. Fique longe, por favor, não gostaria de contagiá-lo.

— Quer que o leve a um médico?

O andarilho sorriu.

— O médico não poderá dizer nada que eu já não saiba.

Bom, um bocadinho presunçoso o amigo!

— Precisa de algum remédio?

— Tenho aspirina, obrigado.

Montalbano não soube mais o que dizer. Foi o outro que rompeu o silêncio.

— Sua senhora viajou?

— Sim.

— Trate-a com carinho.

Montalbano olhou para ele, espantado.

— É uma pessoa rara.

Livia era boa, querida, e ele a amava do fundo do coração, mas dizer que era rara! O outro parece que leu o pensamento dele.

— Sabe, pode acontecer que a longa convivência ofusque um pouco a visão das qualidades da pessoa que há muito tempo está ao nosso lado.

Isso era verdade.

E também era verdade que aquele homem era uma figura incomum.

— Bom — disse Montalbano. — Preciso ir. Repito que, se precisar de qualquer coisa...

— Vou buscar, não duvide. Por enquanto seria prematuro.

O que significava prematuro?

Algum sentido devia ter, porque ele nunca falava a esmo. Mas não ia adiantar insistir.

Apertou a mão dele e foi para o comissariado.

Onze

— Ah dotor! Ah dotor dotor!

Se Catarella fazia isso, era que o "senhor e subrintendente" tinha ligado. Por outro lado, o superintendente já havia telefonado, e ele tinha mandado dizer que não estava. Não podia continuar se recusando a atender.

— O que ele queria?

— Ligou agorinha mesmo! Me falou assim pra dizer pro senhor que assim que vossenhoria fizer que nem Nossa Senhora...

O comissário estranhou.

— Disse isso?

— Não foi desse jeitinho assim mesmo, dotor, mas, como eu me esqueci do jeitinho que o senhor e subrintendente falou, eu achei que falando pra vossenhoria o nome de Nossa Senhora na cabeça de vossenhoria ia vir o jeito como o senhor e subrintendente falou. Entendeu?

— Não.

— Dotor, me descurpe a pergunta que pode parecer coisa de padre, o que é mesmo que Nossa Senhora faz?

— Milagre.

— Não, dotor. Errou, peço compressão e perdão. O senhor e subrintendente não falou em milagre de jeito e maneira. Falou daquilo que Nossa Senhora fez em Lurde na França.

Montalbano teve um estalo, talvez graças a Nossa Senhora.

— Aparição?

— Isso! Isso mesmo, dotor! O senhor e subrintendente falou pra falar que assim que o senhor quer dizer vossenhoria fizer sua aparição no escritório era pra telefonar pra ele na mesma hora.

— Tá bom, ligo mais tarde. Fazio está?

— Se encontra no local.

— Mande falar comigo.

— Às ordens, doutor.

— Escute, Fazio, lembra que, logo depois do assassinato de Barletta, eu disse que queria saber tudo sobre ele e o filho Arturo?

— Perfeitamente.

— Bom, coisas sobre Barletta sei de monte, mas Arturo parece que nós perdemos de vista.

— É verdade. Mas eu recuperei.

— O que quer dizer?

— Que ontem me dediquei a ele.

— Muito bem! Ficou sabendo alguma coisa?

— Fiquei sim.

Parou, fez cara de paisagem.

— Posso olhar o papel que está no meu bolso?

— Se tiver a intenção de ler algum daqueles registros de cartório que são a tua porra de fixação, nem pensar.

— Não são registros de cartório.

— Então tá bom.

Fazio tirou uma folha de caderno dobrada em quatro. Olhou.

— Lembra que Arturo disse que era casado e não tinha filhos?

— Lembro.

— A mulher de Arturo, Michela Lollo...

E depois, logo em seguida, bem rapidinho:

— ... filha de Giuseppe e de Concetta Virzì, nascida em Montelusa em 24 de abril de 1980, residente em Vigàta na rua...

— Tá gozando da minha cara? — interrompeu o comissário. — Sacou o que é que está lendo?

— Desculpe — disse Fazio rápido. — Me distraí.

Enfiou a folha de volta no bolso.

Mas estava satisfeito, pelo menos um dado de registro civil ele tinha conseguido contrabandear.

— Essa Michela parece que é um mulherão. Se casou com Arturo quando tinha vinte e dois anos.

— Se bem me lembro, Barletta não se dava com a nora.

— Pelo que fiquei sabendo, a coisa era um bocadinho diferente.

— Como?

— Era Arturo que não queria que a mulher frequentasse a casa do pai dele.

— Tinha medo que Barletta se aproveitasse da mulher dele?

— Se for assim, de Michela o Barletta já tinha se aproveitado de tudo o que era aproveitável.

Montalbano ficou pasmo.

— É mesmo?

— Doutor, não posso pôr a mão no fogo. Enfim, dizem que Arturo se apaixonou por Michela enquanto a moça ainda era amante do pai dele. Está claro?

— Claríssimo.

— Barletta, que já tinha se cansado de Michela quando o filho disse que queria se casar com ela, não criou caso.

— Então por que Arturo não quer que...

— Porque, depois do casamento, a chama de Barletta por Michela se reacendeu, e Arturo percebeu.

— Mas essa chama queimou alguma coisa?

— Não entendi.

— Barletta conseguiu pegar a moça?

— Isso não souberam me dizer. Seja como for, daí por diante Arturo deu um jeito de a mulher não ter mais contato com o pai dele.

— Espere aí: tudo isso acontecia enquanto a mulher de Barletta ainda estava viva?

— Natural.

— E você acha natural uma coisa dessas?

— Acho não, doutor. É força de expressão.

— Mas alguém te disse se a mulher estava a par das costumeiras traições do marido?

— Não fiz perguntas a respeito.

— Mais alguma coisa?

— O melhor vem agora. Essa Michela logo ficou amiga da cunhada Giovanna. Por isso, começou a exigir dinheiro de Arturo para também ter roupa de grife, carro de luxo, joias...

— Espera um pouco. Mas o marido de Giovanna acho que também não ganha bem... O que se fala a respeito disso?

— Que faz tempo Giovanna tem amante rico.

— Sabem o nome dele?

— Não perguntei. Arturo, que tinha um salário miserável, começou a fazer dívida em cima de dívida. E não só com bancos.

— Recorreu a agiotas como o pai?

— Recorreu sim. Nos últimos tempos andava bem amedrontado, tinha recebido ameaças sérias porque não conseguia ser pontual nos pagamentos.

— Barletta sabia da situação do filho?

— Claro.

— E por que Arturo não recorria a ele?

— Primeiro, não tinha tanta certeza de que o pai pagaria as dívidas dele. Barletta só abria a mão quando tinha compensação em espécie ou em carne fresca. Segundo, talvez tivesse medo.

— De quê?

— De Barletta dar o dinheiro com uma condição.

— Qual?

— A de Michela voltar, digamos assim, a frequentar a casa dele.

— Com consentimento do marido?

— Com consentimento do marido.

— Debaixo do nariz de todo mundo?

— Debaixo do nariz de todo mundo. Desculpe, mas Barletta estava cagando e andando. Era um homem capaz de tudo, não tinha moral, compostura, dignidade, honra, nada de nada. Era uma coisa bem escrota, viu?

Belo retrato, sem dúvida. Parecido como uma fotografia.

— Mais alguma coisa?

— Não chega?

— Por enquanto, sim.

— No entanto, preciso dizer mais uma coisa.

— Deixou para o fim?

— Deixei sim. É como a bomba final da queima de fogos.

— Detona.

— Lembra onde Arturo disse que trabalhava como contabilista?

— Numa construtora de Montelusa, parece.

— Exatamente, a Primavera Siciliana. Era esse o nome.

— E daí?

— Faz quinze dias essa empresa mandou uma circular para todos os empregados, anunciando que encerrava as atividades no fim do mês e, consequentemente, tanto o pessoal da construção quanto o administrativo estavam no olho da rua.

— Por que está fechando?

— O dono foi preso porque descobriram que era testa de ferro da Máfia.

— Em suma: Arturo se viu com a corda no pescoço.

— Isso mesmo.

Depois Montalbano somou tudo o que Fazio tinha relatado.

— Em conclusão, fica evidente que só a herança do pai poderia tirar Arturo do aperto. De fato, ele ficou louco para saber se o pai tinha feito testamento. Mas o tal testamento não está em lugar nenhum, nem no tabelião nem nas residências.

— É bom ter em mente que não temos nenhuma prova contra ele.

— Estava só falando em tese. Mas eu daria um pouquinho mais de atenção a ele.

— Diga o que devo fazer.

— Neste exato momento não sei. Amanhã de manhã às nove você e eu nos encontramos aqui e depois vamos dar uma olhada na casa de praia.

— Ah dotor! Acontece que no telefone está uma senhora que diz que se chama Giovanni Pistateri.

— Mas é homem ou mulher?

— Dotor, pergunta difícil. Por causo que o nome seria de homem, enquanto que a voz seria de mulher. Pode ser que se trata da secretária do referido Giovanni Pistateri ou então da esposa do referido Pistateri ou então da irmã do...

— E da mãe não?

Catarella pensou um pouquinho.

— A voz feminina é de gente bem nova, dotor, pra ser da mãe do referido Pist...

Já tinha se divertido bastante.

— Tá bom, passa a ligação.

Clique.

— Senhor Pistateri?

— Pusateri. Preferia que eu fosse homem? — disse a voz sorridente de Giovanna Barletta.

Só então Montalbano lembrou que aquele era o sobrenome do marido.

— Pergunto de novo: preferia que eu fosse homem?

— Ora, o que está dizendo? Para mim está ótimo do jeito que é!

Giovanna deu uma risadinha mais maliciosa ainda.

— Por um momento fiquei preocupada. Como vai?

— Bem. E a senhora?

— Também vou bem.

Houve uma pausa. Ela talvez quisesse que Montalbano tomasse a iniciativa.

— Esperava seu telefonema.

— É mesmo? Como?

— Como em que sentido?

— Com ansiedade? Com impaciência? Com indiferença?

— Eu excluiria a indiferença.

— Bom sinal. E, como vê, eu agora estou telefonando.

— Seu convite continua válido? Ou mudou de ideia?

— Comissário, o senhor me conhece pouco, mas espero que tenha a oportunidade de me conhecer melhor. Quando digo uma coisa, é aquilo mesmo. É difícil me fazer mudar de opinião. Portanto, meu convite continua válido.

— Fico contente.

— Mas, por favor, marque a hora e o local. Não tenho muita prática com restaurantes.

Não lhe ocorreu logo aonde ir. O melhor era ganhar tempo.

— Escute, Giovanna, preciso verificar se certo local está aberto hoje à noite. Poderia vir aqui às oito?

— Combinado.

Não tinha jeito, era chegada a hora de telefonar para Bonetti-Alderighi.

— Catarella? Liga para o senhor e subrintendente.

— É pra já, dotor.

Antigamente, no tempo de espera da ligação telefônica, recitava as tabuadas de cor. Mas, de tanto repetir, já sabia todas de cabo a rabo, e a coisa tinha perdido o gosto. O que que ele podia imaginar? Ah, pronto, a *Ilíada*! Atacou.

Canta-me, ó deusa, do Peleio Aquiles
A ira tenaz...

— Doutor Montalbano, está na linha? — perguntou uma voz desconhecida.

— Sim.

— Espere um momento, por favor.

..., que, lutuosa aos Gregos
Verdes no Orco lançou mil fortes almas,
Corpos de heróis a cães e abutres pasto...

Ouviu-se uma espécie de clique.

... Lei foi de Jove, em rixa ao discordarem
O de homens chefe...

— Montalbano, o que está dizendo? Que chefe?

— Desculpe, senhor superintendente, estava dizendo que um chefe... um uma... um que...

O superintendente interrompeu.

— Venha logo até aqui.

Clique.

Partiu xingando para Montelusa, sabendo que daquela convocação ia sair nervoso, como aliás acontecia depois de todas as convocações do superintendente.

O único consolo era que na antessala não encontraria o chefe de gabinete, doutor Lattes, que em geral ficava puxando umas conversas chatíssimas. Estava sabendo que ele tinha tirado licença.

O porteiro logo mandou entrar.

Assim que olhou para a cara de Bonetti-Alderighi, percebeu que ele estava sorrindo. O superintendente tinha dois jeitos de comunicar más notícias: ou sorrindo ou fazendo cara feia.

Mas, de qualquer lado que se olhasse, era sempre pepino.

— Sente-se, caríssimo.

Mandava sentar e chamava de caríssimo, então significava que a notícia devia ser grave.

— Como vai a investigação sobre o caso Barletta?

— Bom, veja, estamos avançando devagar porque...

Mas o outro não estava ouvindo.

— Já tem alguma ideia?

— Em certo sentido...

— O doutor Tommaseo tem uma ideia.

Montalbano se aborreceu. Mas será que ele ia ouvir ou não? Se não queria saber como ia a investigação, por que tinha enchido o seu saco mandando ir até a superintendência?

Decidiu de repente que era melhor deixar a raiva pra lá e começar a se divertir.

— É mesmo?!

— Ele chegou a lhe expor sua ideia?

— Já se recobrou? Fiquei sabendo que teve um ligeiro mal-estar.

— Agora está bem. Portanto, não chegou a encontrá-lo.

— Na verdade, não...

— O senhor não acha que o parecer do promotor é importante?

— Pelo amor de Deus! Pelo contrário, acho validíssimo, esplendidíssimo...

Manda bala nos superlativos, Montalbà!

— Se não conhece, quer dizer que sou eu que vou lhe expor a teoria dele.

— Sou todo ouvidos — disse, inclinando o peito para a frente e afastando as nádegas da cadeira.

— Segundo ele, quem matou Barletta foi uma de suas jovens amantes por ciúme da amante que depois o matou e que, por sua vez, estava com ciúme da outra que deu cabo dele.

Montalbano pôs a cabeça entre as mãos. Mas que besteiras saíam da cabeça do promotor?

— Que foi?

— Estou fazendo esforço para entender, senhor superintendente.

— Vou tentar explicar melhor. Vamos chamar de A a jovem que, depois de dormir com Barletta, na manhã seguinte lhe administra o veneno por ciúme e vamos chamar de B a outra amante da qual ela tem ciúme. Está claro até este ponto?

Montalbano fez de conta que estava sofrendo de uma instantânea regressão ao ensino primário.

— Se pudesse escrever na lousa... — propôs com um fio de voz.

— Mas o que é isso, está delirando? Qual lousa? Como é que não entende? Vou repetir pela última vez: A mata Barletta com veneno porque tem ciúme de B. B, por sua vez, atira em Barletta porque tem ciúme de... de...? Vamos, diga.

Estavam na escola mesmo. Montalbano continuou representando o papel de aluno atrasado.

— C? — disse, em tom interrogativo.

— Mas que C, que C?! Porque tinha ciúme de A! Agora ficou claro?

— Francamente, não...

O sorriso voltou ao rosto do senhor e subrintendente. Sinal de alerta máximo.

— Ora, como o senhor certamente já pôde constatar, as mulheres envolvidas nesse caso são tantas, a maioria delas de identificação muito difícil.

Aonde queria chegar? Um "é" nessa altura caía bem.

— É.

— Por acaso, enquanto o doutor Tommaseo expunha sua teoria, estava também presente o doutor Mazzacolla, da Divisão de Bons Costumes. Conhece?

— Ainda não tive o prazer. Faz tempo que está aqui?

— Assumiu o cargo anteontem.

— E o que disse Mazzacolla?

— Não disse nada. Mas, percebendo que ele estava extremamente interessado, tive uma ideia que gostaria de lhe apresentar.

Ele também tinha ideias?

— Apresente.

— Desmembrar o caso Barletta em dois braços.

— Como assim?

— Entregar a identificação das moças ao doutor Mazzacolla, que agirá seguindo as diretrizes do doutor Tommaseo.

— E eu?

— O senhor continuará averiguando as outras alternativas, mas tendo em mente que o condutor da investigação...

Ele não pôde deixar de continuar bancando o tonto.

— E quem é ele?

— Ele quem?

— O condutor.

— Não, Montalbano! Tente entender de uma vez por todas! Condutor no sentido de fio condutor, de linha mestra...

— Entendi, desculpe.

— Tenha em mente, portanto, vou repetir, que a pista preferencial será a das moças.

— Permite uma observação?

— Diga.

— Estou convencido de que, entre todas as moças que tiveram relações com Barletta, só duas ou três no máximo eram prostitutas. As outras são comerciárias, estudantes...

— E daí?

— Eu me pergunto o que tem com isso o doutor Mazzancolla...

— Mazzacolla.

— ... da Bons Costumes, ainda por cima recém-chegado...

O sorriso desapareceu do rosto de Bonetti-Alderighi.

— É uma decisão que não lhe diz respeito, certo? Eu simplesmente quis usar de cortesia, avisando-o previamente de uma providência que tomarei tão logo o senhor saia desta sala.

Doze

Chegando a esse ponto, só lhe cabia representar o papel de quem foi profunda e injustamente ofendido. Era um papel em que quase sempre se saía bem.

Disse:

— Ah!

E se levantou com cara consternada.

Assim que se levantou, fixou por muito tempo Bonetti-Alderighi, balançou a cabeça negativamente e repetiu:

— Ah!

O segundo ah foi um bocadinho lastimoso.

O superintendente olhou para ele interrogativamente.

Agora precisava escolher as palavras certas.

Abriu e fechou a boca duas vezes, mas sem nenhum som, como se estivesse com a garganta apertada pela injustiça sofrida, limpou a garganta fazendo um barulho de pigarrear e finalmente falou.

— Permita-me dizer-lhe que esse seu desejo de me privar de um braço me parece falta de confiança na minha atuação de funcionário escrupuloso!

E agitou várias vezes o braço direito, dobrando-o como se estivesse amputado.

— Que é isso, Montalbano, as coisas não...

— Um braço é um braço, sabia?

— Percebo, mas...

— E ainda por cima um braço condutor!

— Escute, Montalbano...

— Estou triste, senhor superintendente! Permita-me dizer! Triste e ofendido. Até logo.

Deu-lhe as costas, saiu da sala.

Não estava nada nervoso, muito pelo contrário.

Tinha encenado o papel de ofendido, mas na realidade estava contente.

Como havia previsto, Tommaseo tinha se lançado na pista das moças igualzinho a um cão faminto atrás de um osso e não ia dar trégua. Assim, ao contrário, ele ficaria livre para trabalhar como quisesse, sem prestar contas nem dar explicações ao promotor.

Entrando no comissariado, perguntou a Catarella se Augello estava.

— Desde hoje de manhã não se encontra no local, dotor.

— Mas telefonou?

— Não senhor.

— Então ligue para a casa dele e me passe o telefone.

O telefone logo tocou.

— Alô, Mimì? O que está acontecendo?

— Desculpe, Salvo, esqueci de avisar que não ia hoje de manhã.

— Não está se sentindo bem?

— Estou ótimo. Fiquei em casa para ler aquelas cartas que você sabe, aquelas que estavam guardadas numa gaveta separada.

— E gastou uma manhã inteira?

— Pode acreditar, mereciam atenção.

— Quando você aparece?

— Hoje às cinco da tarde está bom? Às três preciso levar Beba e Salvo a...

— Tá bom, tá bom.

Antes de ir comer, lembrou que precisava telefonar para Adelina e avisar que Livia tinha voltado para Boccadasse e por isso o caminho estava livre.

A empregada soltou um longo suspiro de satisfação e depois perguntou, maligna:

— A senhorita cozinhou direitinho?

Montalbano resolveu não entrar no mérito.

— Comemos fora.

— Então passo lá de tarde, arrumo a cama, limpo a casa porque a senhorita deixa tudo sempre imundo que nem um chiqueiro e depois cozinho alguma coisa pra de noite.

Se Livia tivesse ouvido essas palavras sobre a casa imunda que nem um chiqueiro, teria exigido a imediata demissão da empregada. Ainda mais que não era bem verdade que Livia não ligava para a limpeza da casa, aquilo era mesmo birra de Adelina. Ou melhor: crime de difamação continuada, passível de punição.

— Não cozinhe nada porque esta noite vou comer fora.

— Ah dotor! — Catarella o fez parar quando ele ia passando pela frente dele a caminho do estacionamento.

— O que foi?

— Queria dar um recado da sua namorada, a senhorita Livia, a qual que telefonou agorinha mesmo.

— Por que não passou para mim?

— A senhorita namorada Livia falou pra não perturbar bissolutamente por causa que era só dar o recado que ela chegou bem em Gênova e que era pra lembrar vossenhoria, que seria o senhor, pra não esquecer de ir ver o doente.

Montalbano percebeu que Catarella estava meio sem jeito.

— Quer dizer mais alguma coisa?

— Não senhor, dotor, o recado acaba aí. Mas...

— Fala de uma vez!

— Me desculpa o atrevimento, dotor, mas quero fazer uma pergunta: vossenhoria também é dotor, é?

— O que significa também?

— Queria dizer: vossenhoria também é médico dotor?

— Mas que ideia é essa!

— Então por que a sua namorada a senhorita Livia falou pra ir ver um doente?

— Catarè, Livia disse ver no sentido de ir perguntar se precisa de alguma coisa e fazer companhia a ele.

Catarella pareceu decepcionado.

— Eu tinha pensado outra coisa. Porque, se era médico dotor também, eu ia falar que tenho um torcicolo que me dá uma dor e...

Montalbano deixou Catarella falando sozinho.

No restaurante do Enzo comeu até que pouco, prevendo a refeição da noite com Giovanna. Tinha pensado em levá-la àquele restaurante à beira-mar, entre Montereale e Sicudiana, especializado em servir antepastos à vontade.

Mas, mesmo não precisando, fez o passeio pelo cais como sempre.

Sentado na pedra achatada, ficou pensando que o jantar com Giovanna vinha bem a calhar depois de tudo o que Fazio tinha contado sobre Arturo.

Por outro lado, a própria Giovanna, com muita habilidade e graça, tinha conseguido insinuar algumas coisinhas pouco edificantes a respeito do irmão Arturo.

Por isso, se tinha existido algum testamento, a única pessoa interessada no sumiço dele era Arturo.

Pelo que Giovanna tinha contado, o testamento deixava para ela a parte maior da herança e para Arturo a menor. Também de acordo com Giovanna, Barletta tinha decidido fazer isso porque ela tinha dois filhos, e Arturo não tinha nenhum.

Mas podia ser que a razão fosse outra.

Barletta se vingava do filho que não tinha deixado que ele continuasse a ter um caso com a ex-amante, agora mulher dele.

Mas as razões que haviam levado Barletta a fazer aquele tipo de testamento não tinham muita importância, o importante mesmo era que o desaparecimento do testamento beneficiava Arturo porque assim a herança, por lei, precisava ser dividida em partes iguais.

Mas isso não queria dizer que Arturo tinha assassinado o pai.

Augello apareceu às cinco e meia, em vez de às cinco, como tinha prometido.

— Mimì, sabe que horas são? Cinco e meia.

— Sim, eu sei, desculpe, mas...

— Meia hora é meia hora!

Percebeu que estava repetindo as mesmíssimas palavras de Livia quando reclamava que ele tinha chegado antes da hora.

Mimì se sentou, tirou do bolso as seis cartas presas com elástico, entregou ao comissário.

— Também preciso ler ou você me conta?

— Eu conto, mas acho que depois você faria bem em também dar uma olhada.

Montalbano pôs as cartas no bolso.

— Conte.

— Antes, uma explicação. Estas seis cartas não têm envelopes que digam qual a proveniência, não têm data e não apresentam nem assinatura. Do nosso ponto de vista, são absolutamente anônimas. A única coisa que elas têm em comum é a caligrafia. São todas da mesma mão e deviam ter certa importância para Barletta porque estavam escondidas numa gaveta à parte.

— Isso você já tinha dito.

— Mas é bom guardar na memória. Apesar de não estarem datadas, dá para perceber que cobrem um período de tempo razoavelmente longo.

— Longo quanto?

— Na minha opinião, uns dez anos.

— Tanto assim?! Como dá pra saber?

— Sabe, com o passar do tempo a caligrafia de todo mundo sofre modificações. Aqui acontece o mesmo. Além disso, algumas referências dentro das cartas dão a entender isso.

— E são cartas de amor?

— Em certo sentido, sim. Não sei se entre os dois existia amor, mas uma fortíssima atração física é certeza.

— Estranho.

— Por quê?

— Porque os casos de Barletta duravam no máximo três, quatro meses. Depois ele se cansava e mudava.

— Dessa ele não se cansou, isso é certo. Pode ser a exceção que confirma a regra.

— Perdoo o chavão. Vá em frente.

— Existe principalmente uma carta que me parece de um interesse extremo. É mais que clara, a mulher não fala por alusões. Dá para entender que, depois de um longuíssimo período sem se encontrarem, por acaso eles se encontraram a sós...

— ... e sem nenhum temor — disse Montalbano.

Mas Augello não captou a douta citação de Dante.

— ... por algumas horas. E não conseguem resistir.

— Acontece.

— Sim, acontece. Mas nem sempre um único encontro provoca uma consequência séria.

— Qual?

— Ela ficou grávida.

— Uma bela complicação! E como acabou a coisa?

— A carta seguinte explica tudo.

— Diz o quê?

— Diz que, apesar do conselho que Barletta...

— Um momento. As cartas começam como? Com o nome dele ou com "meu amor", "meu querido", "meu bem", meu...

— Não tem nada disso. Ela entra logo de cara no assunto, você vai ver.

— Desculpe, pode continuar.

— Em suma, Barletta deve ter aconselhado a abortar, mas ela escreve que quer a criança. E fica claro que no fim ela vence, não tem jeito mesmo.

— Portanto, trata-se de uma mãe solteira.

— Não é certeza.

— Por quê?

— Porque ela muitas vezes menciona um "ele" com quem mora.

— Não diz o nome?

— Nunca.

— Diz explicitamente que esse "ele" é o marido?

— Não.

— Então poderia ser alguém com quem ela coabitasse.

— Pode ser. Quando ela responde a Barletta que quer ficar com o filho ou a filha, ele se convence de algum modo com determinada frase que diz mais ou menos que nem ele, quer dizer, a pessoa que mora com ela, muito menos os outros todos poderão jamais suspeitar que o verdadeiro pai é Barletta.

— Em conclusão, ela ficou com a criança levando todos a acreditar que o pai era o marido ou aquele que coabitava com ela.

— Exatamente.

— E depois, o relacionamento dos dois continua como?

— Tem altos e baixos. Pelas cartas fica claro que eles fazem todo o esforço possível para não continuarem a relação, mas, assim que têm uma oportunidade, não conseguem deixar de acabar deitados numa cama.

— Não existe nada mesmo que possa dar um indício mínimo para a identificação dessa mulher?

— Olhe, Salvo, por que você acha que pedi todo esse tempo? Não há nada de nada.

— Será que fez de propósito?

— Como assim?

— Que tomou todas essas precauções para ninguém ter condições de reconhecê-la, se alguma carta caísse por acaso nas mãos de estranhos.

— Estou convencido de que fez de propósito!

— Vamos fazer o seguinte, Mimì. Essas cartas eu levo para casa e leio esta noite. Amanhã conversamos de novo.

Às cinco para as oito, tocou o telefone.

— Ah dotor! Acontece que quem tá na linha é aquela senhora que diz que se chama Giovanni Pustateri.

O que estaria acontecendo? Um contratempo?

— Diga.

— Comissário? Lamento muitíssimo, mas vou me atrasar. A babá foi encontrar a irmã em Montereale e me telefonou dizendo que está chegando, e eu não tenho com quem deixar as crianças.

— Não há problema nenhum, minha senhora. Eu aguardo.

— Não devo me atrasar mais de meia horinha.

— Meia hora de atraso, no dia de hoje, não é atraso.

Pois é! Estava se contradizendo! Tinha repreendido Mimì e, por sua vez, tinha sido repreendido por Livia! Meia hora era meia hora!

E era mesmo. O que ele podia fazer naquela meia hora de espera?

Ler uma carta.

Puxou as cartas do bolso, tirou o elástico que prendia todas juntas, pegou a que estava em primeiro lugar, começou a ler. Já nas primeiras linhas percebeu que se tratava exatamente da mais importante, Mimì não tinha posto as cartas em alguma possível ordem cronológica.

Passou-se pouco mais de dois meses desde aquela tarde em que uma sequência de afortunadas (ou desafortunadas) circunstâncias permitiu que nos encontrássemos de novo enlaçados num abraço que imediatamente excluiu o mundo que nos cercava. Foi como se entre nós não houvesse de permeio anos de separação, no fundo desejada, se não buscada, por ambos. Nossos corpos reconheceram-se imediatamente e se fundiram com uma espécie de vibrante inelutabilidade.

Um bocadinho retórica, mas afinal escrevia bonito a moça. O telefone tocou. Pôs a carta na mesa, pegou o fone.

— Ah dotor! Acontece que é um tal que se chama Mazzancolla o qual que gostaria de falar com vossenhoria em pessoa pessoalmente.

— Está no telefone?

— Está sim.

— Pode passar.

— Montalbano? Aqui é Fabio Mazzacolla, espero que o superintendente o tenha informado de que há dois dias estou cuidando de uma parte da investigação do caso Barletta.

Então o senhor e subrintendente tinha falado depois de tudo consumado, e a história de que daria a incumbência a Mazzacolla assim que ele saísse da superintendência era mentira. Mas talvez não fosse o caso de criar uma pendenga com Mazzacolla, que não tinha nada a ver com isso.

— Do desmembramento da investigação Barletta em dois braços? Sim, disse tudo.

— Pois bem, como acho que os dois braços da investigação precisam avançar em paralelo, mas não independentes um do outro, considero oportuno que entre nós dois haja constante troca de informações. Você também acha oportuno?

"Eu não", teve vontade de responder.

Mas, em vez disso, o hipócrita Montalbano disse com voz alegre:

— Parece-me ótima ideia!

— Tinha certeza de que você concordaria. Se quiser posso começar a informá-lo...

Por que não? Precisava mesmo passar o tempo até a vinda de Giovanna.

— Pode informar.

— Então, por ora preciso lhe contar que no começo da tarde ocorreu um fato que nos deixou meio ressabiados. Pela manhã, um dos meus colaboradores, olhando as fotografias das garotas...

— Mas a quantas pessoas você e Tommaseo mostraram as fotos?

— Bom, cinco ou seis. O mínimo indispensável.

— É bom avançar pisando em ovos.

— Em que sentido?

— No sentido de evitar provocar algum rolo.

— Como assim?

— Mazzacò, a maioria dessas moças não são prostitutas profissionais.

— Eu sei muito bem disso.

— Então, suponhamos, se uma delas andou com Barletta por alguma necessidade passageira de dinheiro, depois parou, começou a namorar e agora leva vida irrepreensível, vocês, invadindo a privacidade dela, poderiam...

— Infelizmente já aconteceu.

— O quê?!

— É o que eu estava dizendo. Um dos meus colaboradores hoje de manhã achou que reconhecia uma das moças, mas na hora não conseguiu se lembrar de onde e em que ocasião a tinha visto. Assim que voltamos a trabalhar depois do horário do almoço, meu colaborador se lembrou de repente de que tinha visto a moça no escritório de Mandorliti e...

— Quem é esse?

— Mandorliti? Não conhece? É um dos vice-superintendentes, o novo chefe do gabinete de controle da prostituição.

— Entendi, continue.

— Então, eu e meu colaborador, por uma associação errada de ideias, estávamos convencidos de que aquela moça era prostituta. Então autorizei o meu colaborador a mostrar algumas fotos a Mandorliti para ele dizer quem ela é.

— E quem é?

— A sobrinha de Mandorliti!

— Caralho!

— Nem te conto o rolo! Ele foi correndo falar com o superintendente para pedir a minha cabeça. Em suma, precisou de muita conversa para ele se acalmar. Eu não gostaria de estar na pele dessa moça.

— Eu não disse?

— Escute, eu precisaria te comunicar outra descoberta que fizemos. Também gostaria de te informar sobre essa.

— Informe.

— Por telefone?

— Espere, mas o que você fez até agora? Não me informou por telefone?

— Sim, mas essa história, como dizer?, é um pouco diferente. Talvez seja melhor eu ir até aí.

— Quando está pensando em vir?

— Agora.

— Agora?!

Treze

Nesse momento Catarella apareceu e, da porta, fez sinal de que precisava falar com ele. Montalbano, com a mão, o convidou a entrar. Catarella se aproximou do comissário com passo de ladrão noturno, fez a volta da escrivaninha, chegou quase às costas dele, se inclinou para ele, encostou a boca na orelha dele e disse com voz baixa e conspirativa:

— Acontece que agorinha mesmo chegou a senhora Giovanni Pustateri em pessoa pessoalmente.

— Mande entrar aqui — disse o comissário, também conspirativo, enquanto cobria o fone com uma das mãos.

— Montalbano? Ainda está aí? — disse o colega, que tinha deixado de ouvi-lo.

— Desculpe, Mazzacolla, é que um papel caiu no chão... O que você estava dizendo?

— Que vou dar um pulo aí.

Giovanna entrou, belíssima e elegantíssima. Montalbano fez um gesto para ela se sentar. Ela se sentou, dando um jeito para a fenda lateral da saia deixar à mostra umas pernas que, cabe dizer, mereciam ser contempladas.

— Daqui a uns vinte minutos estou aí — continuou Mazzacolla.

Mas nem pensar! Só faltava ter o tal Mazzacolla lhe enchendo o saco! Ele precisava encontrar uma boa desculpa. Enquanto isso, Giovanna passava o tempo olhando tudo em volta.

— Montalbano, ainda está aí?

Irra, que pressa que ele tinha! Finalmente lhe acudiu a ideia.

— Não, desculpe, você vir agora não é possível! No duro, acredite! Estou fazendo um interrogatório importante...

Giovanna olhou para ele, admirada.

— ... que precisei interromper só durante o tempo necessário para atender sua ligação.

— Eu poderia ir mais tarde.

Que vontade esse Mazzacolla tinha de informar as pessoas!

— Olhe, seria trabalho perdido. Tenho certeza de que vou precisar passar a noite inteira nesse interrogatório.

Giovanna, que tinha entendido, pôs a mão na frente da boca, abafando uma risadinha.

— Então, se eu puder, passo amanhã de manhã.

— Combinado.

Encerrou a ligação, sorriu para Giovanna, que retribuiu, levantou, fez menção de pegar a carta que estava lendo, mas ela caiu no chão, do lado de lá da escrivaninha. Giovanna se abaixou, pegou a carta e lhe entregou. Montalbano juntou a carta às outras, envolveu tudo com o elástico e pôs no bolso.

— É verdade que tem a intenção de me interrogar a noite toda? — perguntou Giovanna com cara inocente de anjinho.

— Se for o caso... — disse Montalbano levantando.

Ela imitou.

— Nossa! E vai fazer um interrogatório detalhado? — perguntou também, fingindo medo.

— Se for necessário...

Giovanna riu.

— Ficou sabendo se aquele restaurante está aberto?

— Sabe que me esqueci completamente de telefonar? Espere um pouco, que...

E pousou a mão no telefone.

— Não é preciso.

— Por quê?

— Vamos assim mesmo.

— E se estiver fechado?

— Aí vamos procurar outro.

— E se a gente não gostar?

— Procuramos mais outro.

— Em suma, saímos às cegas?

— Não lhe agrada sair um pouco comigo às cegas?

Dona Giovanna não perdia nenhuma oportunidade de provocar. Melhor não seguir com ela por esse caminho perigoso. Preferiu pegar um desvio.

— Vamos com o seu ou com o meu?

— Para ir ao restaurante a gente passa perto de sua casa?

— Passa bem pela frente.

— Então daqui saímos com dois carros, depois o senhor estaciona o seu em casa e embarca no meu.

Passando pela frente da baia, Montalbano foi chamado por Catarella.

— Me permite uma solicitação, dotor?

— Pode ir, vou logo em seguida — disse o comissário a Giovanna. — O que você quer?

— Me explica por que uma mulher que é mulher, como a senhora Giovanni, foi batizada com nome de homem.

— Porque os pais queriam menino, mas, como veio menina, eles se consolaram dando a ela um nome de homem.

— Brigado, dotor! Vossenhoria é uma encicoprédia ambulante! Sabe explicar tudo!

Montalbano estacionou o carro em frente à sua casa, desceu, pegou o caminho de volta pela trilha que levava à estrada provincial onde era esperado por Giovanna, subiu no carro dela.

— Escolheu um lugar maravilhoso — disse ela, pondo o carro em movimento.

— Tive sorte.

— Mora aí... sozinho?

— Bom, quase sempre.

— O que significa esse quase?

— De vez em quando minha companheira vem ficar comigo.

— Ah. Não é daqui?

— Não. É de Gênova. Acabou de ir embora.

Podia não ter dado essa última informação, ninguém tinha perguntado nada sobre o assunto, mas queria ver que uso Giovanna ia fazer dela.

Sua curiosidade foi imediatamente satisfeita.

— Escute, se não sairmos tarde do restaurante, depois me mostra sua casa?

— Por que não?

Dirigia bem, nada que criticar. Segura, precisa, talvez corresse um pouco demais para o gosto do comissário.

— Fuma? — perguntou ela de repente.

— Sim.

— O quê?

Montalbano pegou o maço do bolso, mostrou.

— Acende um para mim?

O comissário acendeu, deu uma tragada, passou o cigarro para ela. Depois acendeu um para si.

— Não tenho o hábito de fumar, só fumo quando me sinto um pouquinho nervosa.

— Agora está um pouquinho nervosa?

— Foi o que eu disse.

— E por quê?

— Porque estou com o senhor.

Montalbano fez de conta que não tinha entendido nada de nada e fez questão de desviar a bola que ela havia acabado de lhe passar, de escanteio.

— É um fenômeno bem comum. Até as pessoas mais honestas, quando estão com um policial...

Mas ela logo pôs a bola de novo em campo.

— Não entendeu.

— O que não entendi?

— Que não me refiro ao policial.

Essa, quando abocanhava, não soltava a presa nem por um segundo.

Por que será que ela agia assim? Qual era o objetivo?

Era evidente que não agia desse jeito porque tinha ficado deslumbrada pelo fascínio dele, apesar de fazer de tudo para ele acreditar nisso.

— Agora precisa me orientar.

Montalbano orientou.

E, claro, errou o caminho e acabaram parando em frente a uma casa de roceiro, com uns dez cachorros furiosos em volta do carro, latindo e arreganhando os dentes. Ele abriu uma janela, e uma voz ameaçadora perguntou:

— Quem tá aí?

— Vamos embora antes que atirem — disse Montalbano.

Na segunda tentativa conseguiram pegar o caminho certo.

De longe, viram que a placa luminosa do restaurante estava acesa.

Depois dos primeiros cinco antepastos, ela perguntou:

— Por que ficou tão calado?

Montalbano riu.

— Desculpe, é um costume meu. Confesso que não gosto de falar quando estou comendo.

— Por quê?

— Porque assim acho que saboreio melhor a comida. Não me distraio.

Dessa vez foi ela que riu.

— Acha engraçado?

— Não, pensei uma coisa aqui, me perguntei se...

— Diga.

— Não posso. Sou uma dama.

— Esqueça por um minuto que é.

— Está bem. Estava me perguntando se também fica calado quando... quando faz amor.

Agora estava claro até para um retardado que ela tinha a intenção de terminar a noitada de determinado modo. A pergunta era: dar corda ou não?

Decidiu dar.

— Sabe que não sei? A gente poderia tirar a prova.

Ela olhou para ele. Estava para dizer alguma coisa, mas mudou de ideia e disse outra.

— Estes antepastos são deliciosos mesmo.

Fim do primeiro round.

Giovanna era boa de garfo, e Montalbano apreciava as mulheres que gostam de comer sem se preocupar com as consequências para a silhueta.

Mas ela não quis que ele pedisse o prato principal.

— Não consigo mais engolir nem uma sementinha de uva.

Montalbano também não pediu.

Uns vinte antepastos sortidos e uma travessa de macarrão com vôngole já bastavam. Tinham ainda pela frente uma garrafa de vinho recém-aberta.

— Quer um café?

— Não. Vamos dar fim a essa garrafa e depois partimos.

— Combinado — disse o comissário enchendo a taça dela.

— Em que ponto estão com a investigação? Naturalmente, desde que o (como se diz?) sigilo do inquérito policial não o impeça de dizer.

Giovanna tinha resolvido passar ao ataque direto.

— Sinceramente, não houve muitos progressos.

— Continuam no ponto de partida?

— Não, isso não, alguns pequenos passos conseguimos dar, principalmente por exclusão.

— Poderia dizer, desde que não...

— Realmente não poderia. Mas, visto que é filha da vítima...

— O que significa por exclusão?

— Antes preciso fazer uma pergunta: posso falar de seu pai com toda a liberdade, a senhora não vai se sentir ofendida?

— Olhe, eu conhecia muitíssimo bem meu pai.

— Bom, então deve saber que, entre outras coisas, ele emprestava dinheiro com taxas altíssimas de juro.

— Eu tinha conhecimento de que ele frequentemente atuava como usurário, não precisa usar de circunlóquios comigo.

— Chegamos a excluir a possibilidade de o homicídio ser imputável a uma das pessoas que ele arruinou.

— Mas se elimina a motivação do interesse...

— Eu não disse isso.

— Então não entendi.

— Vou me explicar melhor.

E aí ele precisava avançar com cuidado. Uma palavra a mais ou uma a menos podia prejudicar tudo.

— Pode ser que a motivação do interesse tenha de ser buscada num âmbito mais restrito.

Ela sacou na hora.

— Refere-se ao ambiente... familiar?

Anda, Montalbano, afasta logo essa ideia da cabeça dela. Por enquanto é muito cedo pra falar desse assunto.

— Não só. Seu pai era muito generoso com as moças que conviviam com ele, pode ser que uma delas...

Mas Giovanna não mordeu a isca.

— Mas então como explica que os assassinos eram dois?

E, de fato, assim não se explicava. Vamos mudar o rumo da conversa sem responder à pergunta, pensou o comissário.

— Claro que, se o testamento fosse encontrado... — disse a meia-voz, como se estivesse pensando alto.

— Que tem a ver o testamento?

— Tem a ver, sim. Mas a senhora tem certeza de que ele fez testamento?

— A mim ele disse que sim. Tenho certeza de que fez. Mas explique por que o testamento é tão importante.

— Está me pondo em apuros.

— Por favor.

— Se fosse encontrado, seria melhor para a senhora e para seu irmão, porque os dois seriam imediatamente excluídos da investigação.

— Ao passo que agora estamos dentro?

— Bom, veja só, o promotor Tommaseo não pode deixar de...

Previa uma reação furiosa. No fundo, ele estava dizendo na cara dela que tanto ela quanto o irmão Arturo eram suspeitos de parricídio. Coisa de tragédia grega!

No entanto, ela ficou bem calminha.

— Procuraram bem?

— Sim. Descobrimos até que na escrivaninha havia duas gavetas secretas. Sabia disso?

— Não.

Primeiro ponto contra Giovanna. Aquele "não" era tão falso quanto as cabeças de Modigliani encontradas em Livorno.

E falso foi também o tom da pergunta que ela fez depois.

— O que continham?

Ela sabia muito bem o que continham. Como também sabia que o pai guardava na escrivaninha os registros fotográficos das suas façanhas amorosas.

— Cartas e bilhetes das moças que...

— Entendi. Agora vão interrogar todas essas coitadas que cometeram o erro de escrever para ele?

— Vai ser difícil identificá-las.

— Não assinam?

— Algumas sim. Mas um nome como Silvia ou Francesca não leva a nada.

— Então não conseguiram chegar às remetentes?

— Não.

— Não as identificaram nem pelas fotos?

— Foram reconhecidas não sei se duas ou três, mas não...

Ela sorriu.

— Estou vendo que vocês estão um pouquinho atrasados. Querem minha contribuição pessoal para a investigação?

— Sim, obrigado.

— Não posso ser eu a autora do sumiço do documento. Quando meu irmão Arturo me telefonou da casa de praia às sete e meia da manhã daquele domingo para dizer que meu pai...

Não foi uma campainha que tocou no cérebro de Montalbano, foi uma pancada de badalo de sino que fez a cabeça dele ribombar.

— Não telefonou às oito?

— Não, às sete e meia. Tenho certeza absoluta. Se não me engano eu lhe disse que os meninos...

— Sim, sim, agora me lembro. Estavam tomando o café da manhã antes de ir para a escola. Mas não era domingo?

— Claro que era. Mas eles tinham uma excursão da escola.

— Então, estava dizendo?

— Que, quando Arturo telefonou, eu atendi. Estava em casa, em Montelusa. Tinha acordado os meninos às sete. Portanto, não podia ter entrado na casa de praia antes dele para sumir com o testamento. Além disso, fazia um tempão que eu não punha os pés na casa de meu pai na cidade. Posso provar.

Em outras palavras, caro Salvo, dona Giovanna está dizendo que quem deu sumiço ao testamento só podia ter sido o irmão Arturo. E não está dizendo só isso, está também levando você para um caminho lógico que diz que, para pegar o testamento, era preciso antes matar Barletta.

Para onde corre a água? Para o mar.

Indiretamente, estava jogando o homicídio nas costas do irmão.

Não contente, Giovanna pôs mais lenha na fogueira.

— Além disso, como já lhe disse da outra vez, com o desaparecimento do testamento a única prejudicada seria eu.

... enquanto meu irmão Arturo seria beneficiado, assim Montalbano concluiu mentalmente a frase não dita de Giovanna.

O vinho tinha acabado.

— Vamos? — perguntou ela.

Durante toda a viagem de volta ela não abriu a boca. De vez em quando, uma espécie de melodia saía de seus lindos lábios entreabertos. O vinho devia ter alegrado dona Giovanna.

De repente perguntou:

— Viro na próxima?

— Sim.

Parou em frente à casa do comissário, os dois desceram, ele abriu a porta, acendeu a luz do hall de entrada, deu passagem a ela.

— Vou lhe mostrar o que a casa tem de mais bonito — disse o comissário.

Foi abrir a porta-balcão da varanda.

— Mas é maravilhoso!

— Sente-se.

Ela se sentou no banco.

— Bebe alguma coisa?

— Não, obrigada, já bebi bastante. E vou dirigir.

Ficou um tempinho em silêncio, olhando o mar.

— Eu também, à noite, quando era hóspede de meu pai na casa de praia, passava pelo menos uma hora olhando o mar antes de ir para a cama.

Suspirou.

— Pode me dar outro cigarro?

— Está nervosa?

— Não. Também fumo quando estou contente.

Ele lhe estendeu o maço e o isqueiro.

Ela acendeu um, tragou e passou a Montalbano, depois acendeu outro para si.

— Sente-se aqui perto de mim.

Ficaram sentados lado a lado, fumando.

Montalbano agora esperava um gesto dela, a cabeça no ombro, uma carícia na mão, mas o gesto não veio.

Era como se Giovanna de repente tivesse mudado de intenção.

Talvez tivesse passado a vontade de terminar a noite na cama de Montalbano.

Ou então era uma daquelas mulheres que pisam no acelerador na partida, mas, quando percebem que ultrapassaram o limite de velocidade, começam a brecar.

— Preciso ir embora — disse ela, levantando depois de apagar o cigarro no cinzeiro.

Montalbano se levantou para lhe dar passagem, depois foi à frente pra abrir a porta.

Ela fez exatamente o que tinha feito na casa de praia.

Parou na frente dele e lhe deu um beijo. Mas dessa vez na boca. E demorado.

— Obrigada por tudo.

Montalbano segurou a porta do carro aberta para ela, fechou quando ela entrou e esperou até ela sair. Antes de desaparecer no fim da trilha, Giovanna pôs o braço para fora da janela e deu tchauzinho.

O comissário entrou, correu para o banheiro e foi lavar o rosto.

Quatorze

Sentado na varanda, começou a pensar no comportamento de Giovanna. Sem dúvida, a noitada tinha acabado melhor do que ele previa. Desde os primeiros momentos do encontro, ela havia assumido uma atitude maliciosa e provocadora, claramente convidativa. Com isso ele tinha ficado preocupado porque não sentia a menor vontade de seguir por aquele caminho. Entrou no jogo porque queria entender o que estava por trás de toda aquela disponibilidade. Mas entrar no jogo até certo ponto e chega.

Por sorte aquela atitude dela havia se modificado assim que puseram os pés em Marinella, não por mudança de humor, porque no caminho de volta ela não tinha parado de cantarolar, mas talvez por não achar mais necessário o teatro que até aquele momento tinha representado para ele.

Isso significava que, durante o jantar, ela tinha dito o que queria dizer ou tinha ficado sabendo o que queria saber.

Primeira parte: o que ela quis dizer?

Quis dizer que a única pessoa em condições de dar sumiço ao testamento era o irmão Arturo e que, portanto, o assassino de Barletta só podia ser ele.

E mesmo que involuntariamente tinha fornecido uma prova contra si.

Enquanto Arturo declarava o tempo todo que tinha chegado às oito na casa de praia, Giovanna afirmava que ele tinha telefonado às sete e meia.

— Sete e meia são sete e meia, e não oito! A diferença é de meia hora!

Era mais ou menos o que Livia tinha dito.

Era mais ou menos o que ele tinha dito a Mimì.

Em conclusão, Arturo estava na casa de praia bem antes das oito.

E depois ela apresentou um álibi para si mesma.

Segunda parte: o que ela queria saber?

Aí é que estava o *xis* da questão.

Por mais que o comissário tentasse se lembrar de tudo o que tinha falado no restaurante, não conseguia encontrar um único ponto em especial pelo qual Giovanna tivesse mostrado mais interesse, fazendo mais perguntas que o normal.

Então a única finalidade daquela noitada tinha sido a de pôr Arturo em maus lençóis?

O telefone tocou enquanto ele estava fechando a porta-balcão para ir deitar.

Era Livia.

— Fez boa viagem?

— Fiz. Catarella não disse?

— Disse. Ah, depois de lhe dar carona, fui ver o nosso amigo.

— Como ele estava?

— Melhor.

— Passou lá à tarde também?

Mas o que é que ele tinha virado, uma dama de caridade?

— Não tive tempo.

— Promete que vai amanhã?

Aquilo era uma ideia fixa!

— Prometo.

Só faltava esta chatice: ter de ir dar assistência a um andarilho que não tinha a menor vontade de ver ninguém na sua frente lhe dando assistência!

Não dormiu muito bem.

Acordou diversas vezes, sempre com a mesma pergunta na cabeça: o que Giovanna queria saber? Tinha certeza de que, sem querer, ele tinha lhe dado a resposta que ela queria, mas não percebia qual era.

Assim que pisou no comissariado, chamou Fazio.

— Você averbou as declarações de Arturo Barletta?

— Sim. Estão lá.

— Vai ver a que horas ele disse que chegou na casa de praia.

Fazio foi e voltou.

— Às oito.

— E você lembra a que horas a irmã, Giovanna, disse que ele tinha telefonado para ela em Montelusa para comunicar o assassinato do pai?

Fazio ficou um instante olhando para ele, perplexo, depois deu um tapa bem forte na testa.

— Viu como você também está ficando velho? — disse Montalbano. — Ontem à noite Giovanna, que eu encontrei casualmente, confirmou que Arturo ligou para ela às sete e meia.

— Então vai saber quanto tempo fazia que Arturo estava na casa de praia! — exclamou Fazio.

— Seja como for, depois das seis.

— Por quê?

— Porque Pasquano afirma que a morte por veneno ocorreu mais ou menos a essa hora.

— Desculpe, mas, se ele foi envenenado às seis, Arturo devia estar lá alguns minutos antes.

— Mas, se as coisas aconteceram como acho que aconteceram, não foi Arturo que envenenou o pai.

— Ah, não?

— Não. Foi quem deu o tiro, achando que ainda estava vivo e tomando café.

— Seria preciso demonstrar.

— É.

— Intimo Arturo?

— Espere. Vai intimar e fazer o quê? Perguntar gentilmente se foi ele que matou o pai? Não, é preciso procurar outro caminho. Como era o nome da mulher dele?

— Michela Lollo.

— Vá buscar essa mulher. Traga aqui antes que ela tenha tempo de falar com o marido.

Fazio saiu feito um rojão.

— Leu as cartas? — perguntou Mimì, entrando.

— Só umas dez linhas de uma.

— Acabe logo, depois conversamos.

— Você acha que elas são tão importantes?

— Tenho essa impressão.

— Escute, Mimì, Fazio e eu descobrimos uma coisa.

E contou as duas versões sobre a hora exata da chegada de Arturo à casa de praia, sua necessidade premente de dinheiro e a importância que o testamento tinha para ele.

— Finalmente temos alguma coisa nas mãos! — foi o comentário de Augello.

— Mas ainda é pouco. Quero interrogar a mulher dele. Você precisaria tentar saber a que horas Arturo saiu de casa em Montelusa e foi para a casa de praia naquele domingo de manhã.

— Não é fácil.

— Bom, enquanto isso, veja que carro ele tem, o ano e o número da placa. Depois tente descobrir onde costuma ficar guardado. Numa garagem? Estacionado na frente da casa?

— Salvo, é bom lembrar que era domingo.

— E daí?

— Domingo quer dizer que o comércio está fechado, portanto menos testemunhas possíveis.

— Mimì, é o que temos pra hoje. Só posso lhe desejar boa sorte.

... e se fundiram com uma espécie de vibrante inelutabilidade, a mesma que durante tantos anos sempre nos arrebatou.

Mas este último encontro, talvez pela separação demasiado longa, foi maravilhosamente mais intenso.

Desvencilhei-me do seu abraço com uma sensação totalmente nova, cuja razão, naquele momento, não consegui entender.

Era um misto de felicidade e medo.

O medo, passados dois meses, encontrou explicação.

Estou grávida.

Tenho prova, fiz o teste.

Carrego dentro de mim uma criatura sua.

Fique sabendo que, a partir daquele dia, não tive mais relações com ele, não conseguiria suportar.

E o medo desapareceu, transformou-se num extraordinário aumento de felicidade.

Fique sabendo que não estou disposta a renunciar a esse nosso filho nem por todo o ouro do mundo.

Prevejo suas objeções.

Mas, com ele, sei já como me comportar. Do modo mais natural possível. Esta noite mesmo cerrarei os dentes e cederei à insistência dele.

Ninguém poderá desconfiar de que se trata de um filho nosso, nem ele nem os que nos cercam.

Você continuará a vida de aventuras com essas moças que me dão tanto ciúme e que sou obrigada a suportar porque não posso fazer nada para impedir.

Eu continuarei representando o papel da companheira fiel.

Houve um tempo, em nossa vida, em que nossos encontros eram quase diários, ainda que extremamente arriscados. Depois foi preciso que eles rareassem por diversas circunstâncias que é inútil rememorar aqui.

Você as conhece tanto quanto eu.

Pois bem, desejo dizer-lhe que já não invejo aquele tempo em que nossos encontros eram mais fáceis.

Não invejo porque agora você está sempre em mim a qualquer hora do dia e da noite, através desta criatura que cresce dentro de mim.

Talvez só outra mulher possa me entender.

Até breve.

Pegou uma caneta, sublinhou algumas palavras que queria comentar com Augello.

Nesse momento apareceu Fazio.

— Está aqui comigo. Mando entrar?

— Onde estava?

— Em casa.

— O marido estava?

— Estava não, tinha saído.

— Mande entrar.

Michela, como mulher, também não era de jogar fora. Mas perto de Giovanna, que era elegante de fato, Michela, mesmo usando roupas que deviam ser bem caras, só conseguia ser vistosa e um tantinho desajeitada. Também era loira. Mas quantas loiras havia em Vigàta?

Tinha jeito de briguenta e de fato atacou:

— Mas como? Mas como tomam essa liberdade?! Uma senhora que está em casa é obrigada a acompanhar um policial que... Mas onde estamos? Na África?!

— Sente-se, senhora.

— Não! Fico em pé porque daqui a cinco minutos vou embora! E já aviso: vou falar com meu advogado!

— Senhora, se responder a umas perguntas, deixo-a ir embora depressa e ninguém, nem seu marido, vai saber que esteve aqui. Caso contrário, serei obrigado a intimá-la oficialmente com toda a publicidade que sempre há nesses casos. Está claro? Portanto, quanto menos tempo perdermos, melhor será para todos. Sente-se.

Michela, furiosa, se sentou na ponta da cadeira.

Montalbano decidiu usar com ela o sistema da saraivada de perguntas. Em pouco tempo ela ia ser domada.

— Não entendo por que me obrigaram a vir aqui. Eu não sei nada de nada do...

— Não duvido.

— Então por...

— Tem filhos?

— Não.

— Por quê?

Michela, pela primeira vez, ficou um pouquinho confusa.

— Mas quando nos casamos não... depois nós...

— Desculpe, pergunta inoportuna. Trabalha?

— Não.

— Nunca trabalhou?

— Sim. Com dezoito anos eu...

— Não importa. Grau de escolaridade?

— Médio incompleto.

— O nome de um professor.

— Genuardi.

— O que ensinava?

— Italiano.

— Bom, bom. Um momento.

Montalbano escolheu uma folha ao acaso em cima da escrivaninha e ficou lendo bastante tempo, fazendo caretas, ora de atenção, ora de superioridade. Michela tinha tirado da bolsa um lencinho bordado e estava com ele nas mãos. O comissário pôs a folha na escrivaninha, olhou meditativo para ela, depois recomeçou.

— Seu pai trabalha?

— É aposentado.

— Fazia o quê?

— Era guarda-noturno.

— E sua mãe?

— Ela também agora não trab...

— Fazia o quê?

— Era... limpava apartamentos.

Ficou envergonhada de dizer que ela era empregada.

— Tem irmãos, irmãs?

— Um irmão que...

— Como se chama?

— Giaco...

— A senhora tem carro?

— Sim. Um Pan...

— E seu marido?

— O quê?

— Seu marido tem carro?

— Sim. Um...

— Quantos carros tem a família?

— Do... dois.

— E antes?

— Antes de quê?

— Antes de se casar com Arturo Barletta.

Michela agora estava claramente aturdida. O jeito de briguenta tinha desaparecido quase de todo. Não conseguia entender aonde Montalbano queria chegar.

— Pode repetir... a pergunta?

— Tinha?

— Mas o quê?!

— Estamos falando de carro, ou não?

— Ah! Sim. Era um...

— Quantos anos tinha?

— Não sei dizer.

— Eu me refiro à senhora.

— A mim? Eu tinha vinte anos.

— Portanto, o carro era usado?

— Era.

— Mas funcionava?

— Ra... zoável.

— Vamos falar de outra coisa.

Pegou novamente a folha, deu uma olhada, cantarolou com a boca fechada, largou a folha.

— Na manhã do assassinato do seu sogro, a que horas acordou?

— Às... deixa pensar...

— A que hora acorda em geral?

— Às nove.

— Como ficou sabendo?

— Do quê?

— Do assassinato do seu sogro.

— Minha cunhada Giovanna me telefonou.

— Não foi seu marido?

— Não.

— Que horas eram?

— Devia ser... não eram oito ainda.

— Seu marido a que horas saiu?

— Não sei, eu estava dormindo.

— Mesmo dormindo a gente percebe se a pessoa que está deitada ao nosso lado se levanta ou se mexe... A senhora não percebeu nada?

— Fazia duas noites que...

— Que?

— Ele dormia... mal. Levantava, deitava de novo... Por isso eu não sei dizer se...

— Perguntou o motivo daquela agitação?

— Não.

— Por quê?

— Estávamos num momento...

— Brigaram?

— Sim.

— Não falavam um com o outro?

— Não.

— Motivo da briga?

— Coi... coisas pessoais.

— Entendo. Tem alguma ideia?

— Do quê?

— Do porquê de seu marido estar agitado.

— Sabe... a firma onde ele trabalhava... Ele tem muitas dívidas e...

— Por que não foi também?

— A... onde?

— Com seu marido, à casa de praia.

— Por que eu tinha... o que fazer em casa.

Agora já estava com os miolos fumegando. Assim mesmo, criou coragem e disse:

— Comissário, eu não entendo com que finalidade...

— Vai entender. Tem amigas?

— Quem?

— A senhora.

— Algumas.

— Alguma em especial?

— Minha cunhada Giovanna.

— Saem juntas com frequência?

— Bastante.

— Aonde vão?

— Sei lá... ao cinema... à casa de...

— O seu primeiro carro, aquele de quando tinha vinte anos, foi presente do finado Cosimo Barletta quando eram amantes?

Ela não esperava aquilo, Montalbano tinha desviado completamente o rumo da conversa.

Ela deu um pulo na cadeira, que por pouco não tombou. Ficou amarela feito um morto. Falou ofegante, como se estivesse sem fôlego.

— Não... não... fui nunca... amante... de... Eu... foi Arturo que me... apresentou...

— Temos fotos.

Era uma tremenda mentira, mas fez o efeito que devia. Michela arregalou os olhos, apareceu uma espécie de tique na pálpebra esquerda.

— Que... que fotos?

— Da senhora e de Barletta enquanto... entende? Não sabia que ele tinha esse belo costume? Sua amiga Giovanna não disse? Fazio, mostre algumas à senhora.

Era um blefe extremo. Fazio se levantou e se aproximou do arquivo.

Ao mesmo tempo, Michela se levantou num pulo, pôs as mãos à frente dos olhos e gritou:

— Não quero ver!

— Tudo bem. Sente-se.

Ela obedeceu como uma marionete.

— Durante quanto tempo foi amante dele?

— Quatro meses.

— Arturo se apaixonou quando pela senhora?

— Imediatamente.

— Ou seja?

— Fazia uma semana que eu estava com... ele chegou na casa de praia sem avisar... eu estava saindo e...

— Onde se encontrava com Arturo?

— Eu trabalhava como secretária do engenheiro Porzio, ele me esperava na saída.

— Barletta criou caso quando Arturo disse que queria se casar com a senhora?

— Não.

— Por quê?

— Já tinha se cansado de mim... Eu entendia.

Quinze

Agora Michela já não estava em condições de se recusar a responder às perguntas do comissário. Começava o round decisivo, mas Montalbano já não tinha a intenção de cair matando.

— E a senhora?

— Eu o quê?

— Também tinha se cansado?

— Eu não tinha de me cansar nem de deixar de me cansar. Não sentia nada por ele. Ele queria meu corpo, eu dava, ele fazia o que queria com ele, depois me pagava. Eu me envergonhava um pouco, isso sim. Não na frente dele, mas às vezes, sozinha. Mas gostava de ter dinheiro para gastar, por isso... Ele era... generoso.

— Escute, em que ocasião seu sogro se aproveitou da senhora?

O lencinho tinha virado uma bolinha escura, encharcada de suor. Fez cara de surpresa.

— Como ficaram sab...

— Responda.

— Um dia... na casa de praia.

— Como foi?

— É preciso mesm...

— É.

Soltou um longo suspiro antes de começar.

— Todos tinham ido para a praia, eu estava sozinha em casa, na cozinha, fazendo salada... Não ouvi quando ele chegou... Com uma das mãos me empurrou para cima da mesa de barriga para baixo e me segurou assim, era um homem muito forte, enquanto com a outra levantou minha saia... Senti tanta raiva... Não podia gritar para os outros não ouvirem. Achava que já estava fora daquela história, no entanto... nessa altura...

— Seu marido interveio.

— Ele?!

— Não foi Arturo que interveio?

— Sim, mas não para... Ele disse isso?

— Não faça perguntas.

— Vi a faca em cima da mesa... Peguei... Não sei como consegui me virar... Dei uma facada, que ele aparou com a mão esquerda... Nesse momento Arturo entrou e me desarmou... O pai dele me deu duas bofetadas de arrancar a cabeça e saiu...

— O que seu marido disse?

— Nada.

— Tudo bem, mas o que aconteceu depois?

Ela ficou vermelha.

— Depois... Arturo me levou para o nosso quarto e quis... Estava muito excitado. Tenho certeza de que... Na verdade, depois me confessou que fazia alguns minutos que estava olhando, na cozinha. Acho que não...

— Continue.

— Acho que não teria intervindo caso eu não opusesse resistência... Teria deixado acontecer.

— Por quê?

— Porque nunca se oporia ao pai.

— Mas Arturo a ama?

Pensou um momento antes de responder.

— Não sei... acho que sim. Ainda me... deseja, isso sim, como nos tempos... mas na frente do pai...

— Portanto foi a senhora que não quis mais ver Barletta?

— Exatamente.

— Por que brigaram?

— Eu acho preferível...

Nesse ponto só faltava dar o soco definitivo.

— Antes de continuarmos, tenho a obrigação de informá-la de que a senhora é suspeita do homicídio.

— Eu?!

— Foram encontrados na cama de Barletta três fios de cabelo loiro. Alguém nos disse que poderiam ser seus. Mais tarde precisará fornecer uma mecha para análise.

Michela fez uma cara de sincero pasmo.

— Mas não podem ser meus!

— Deixe-me terminar. Em seu próprio interesse, diga a verdade: quando voltou a andar com seu sogro?

O rosto de Michela se transtornou, e ela ficou de pé enfurecida. Tremia de raiva. Tinha perdido todo o ar de dama.

— Quem foi que falou essa besteirada, hem? Quem falou? Eu não me encontrava com ele fazia anos! Anos! Desde aquela vez na casa de praia! Nem no Natal! Pra mim tava morto! E agora aquele grandíssimo cornudo do meu marido tinha a pretensão... que eu voltasse pro pai dele pelo menos uma vez! Queria que eu começasse a trepar de novo com ele!

— Queria que recomeçasse a relação com o pai dele?

— Sim!

— Por isso brigaram?

— Sim!

— Quando ele pediu isso?

— Três dias antes de matarem aquele porco! Ele insistia! "O que que custa?", dizia. "Depois você e eu, a gente vai viver melhor. Será que você não entende? Se você topa, meu pai muda o testamento que está todo a favor de Giovanna!" Mas eu recusei! Eu tinha vontade de vomitar só de pensar naquele porco maldito! Eu não sou nenhuma puta, não!

Começou a chorar.

— Já chega. Acompanhe essa senhora de volta à casa dela — disse Montalbano a Fazio.

E depois, para Michela:

— Peço sinceras desculpas.

— Vai me esperar? Vou e volto — disse Fazio.

— Não. A gente se vê hoje à tarde.

No Enzo, comeu pouco, a história contada por Michela tinha acabado com o apetite dele. Depois fez o passeio costumeiro pelo cais.

Sentado na pedra achatada, começou a espremer o sumo das palavras que tinha ouvido. E o sumo era que todo o depoimento de Michela era uma acusação involuntária contra o marido.

Apesar de não saber dizer a que horas Arturo tinha se levantado naquele domingo de manhã, havia revelado uma coisa muito importante. Que o marido era um homem desesperado.

Era provável que tivesse sido ameaçado de morte pelos agiotas a quem tinha recorrido, se não pagasse as dívidas.

Era bem capaz de acreditarem que Arturo podia pedir ajuda ao pai, mas as coisas não eram assim. Barletta estava pouco se lixando para os problemas do filho.

A menos que...

E, de fato, a ideia de tornar Michela disposta a se deitar com ele não estava errada. Se ela aceitasse, Arturo teria condições de pedir ao pai o dinheiro de que precisava. Era a única moeda de troca que ele tinha à disposição.

Espera um pouco, Montalbà.

Não existe uma enorme contradição no comportamento de Arturo? Se ele está atolado em dívidas é porque gasta dinheiro demais com a mulher e, se não satisfizer os desejos dela, tem medo de ser largado ou trocado por um amante rico, como fez sua amiga Giovanna.

E, se ama tanto Michela, como pode suportar que outro...

Não, errado. Michela foi clara sobre esse ponto, falou de uma verdadeira obsessão física de Arturo.

A palavra amor está errada.

Tudo bem, mas alguém que deseja tanto um corpo, como consegue ceder esse corpo a outro?

Montalbà, raciocina! Esse outro não é um estranho, é o pai dele!

A quem ele é submisso! Por acaso Michela não contou, e estava sendo sincera, que naquele dia Arturo seria capaz de assistir à violência sem intervir por se tratar do pai dele?

Mas Michela tinha recusado com firmeza a proposta do marido. E ele tinha insistido porque aquela era a última e desesperada tentativa antes de ser obrigado a cometer um ato terrível e definitivo...

Sim, as coisas deviam ter acontecido assim.

Voltando ao comissariado, ele contou a Fazio o que tinha pensado, e Fazio concordou plenamente.

— Quando levou Michela de volta para casa, o marido estava?

— Não, ainda não tinha voltado.

— Você acha que ela vai contar o que disse aqui?

— Acho que nem vai dizer que veio. Deu a entender isso.

— Então Arturo ainda não sabe que está na nossa mira?

— Acho sinceramente que não.

Montalbano ficou pensando um pouquinho. Depois começou a rir.

— Também quero rir.

— Se a gente prender Arturo, me explique a que resultado chegamos.

Fazio ficou olhando espantado para ele.

— Como assim, a que resultado chegamos? Prendemos o assassino!

— Você chama de assassino alguém que atira num homem que já está morto?

— A intenção dele era matar o pai. O fato de já estar morto para mim é irrelevante.

— Fazio, no julgamento você vai ver se é relevante ou não! Mas o problema de verdade é que não temos a mínima ideia sobre a assassina!

— Para vossenhoria é com certeza mulher?

— Tenho noventa e nove por cento de certeza. É a mesma que se deitou com ele.

— Mas por que deixou passar a noite inteira?

— Vai ver que antes não teve oportunidade de usar o veneno. Suponha que foram comer num restaurante. Como ela podia envenenar os pratos dele no meio de toda aquela gente? E à noite Barletta não devia sentir sede, de fato, em cima do criado-mudo não havia copo de água. Para a assassina o único jeito era esperar o café da manhã.

— Mas por que acordaram tão cedo?

— Uma explicação é ela ter dito a ele que podia passar a noite com ele na casa de praia, mas precisava voltar para casa no máximo às sete da manhã.

Fazio parecia convencido.

— Doutor, vou falar só por falar: se Michela aceitasse a proposta do marido, será que Barletta depois ia mesmo ajudar o filho? Eu acho que não. Ele ia se aproveitar da mulher e deixar o filho na mão.

— Também acho — disse Montalbano.

Mimì Augello voltou às seis da tarde. Estava com cara de satisfeito, devia ter descoberto alguma coisa boa.

— Chame o Fazio — disse a Montalbano sentando. — Assim poupo tempo e não conto a mesma coisa duas vezes.

Fazio chegou imediatamente.

— Hoje tive um tremendo de um rabo — começou Augello.

— Fico feliz por saber desse seu lado anatômico — disse o comissário.

— Você não é o único — disse Augello.

Montalbano ficou espantado.

— Não vai me dizer que mudou de preferência!

— Não. Mas você não sabe que as mulheres olham para o nosso rabo como nós olhamos para o delas?

— É mesmo?!

— Salvo, nesse assunto você não saiu do bê-á-bá. Vamos falar de coisas sérias. Lembra que eu disse que, por ser domingo de manhã, o comércio ia estar fechado, então faltariam testemunhas?

— Lembro.

— Estava errado.

— Estava aberto? — perguntou Fazio.

— Não, tudo fechado. Com exceção de um. Uma livraria bem de frente para a porta da casa de Arturo Barletta.

— Por que estava aberta? — perguntou Montalbano.

— Precisavam fazer o inventário.

— Viram Arturo saindo?

— Não.

— E aí?

— O proprietário da livraria, que se chama Varvaro, conhecia o carro, que Arturo sempre estacionava na frente de casa. Naquele domingo de manhã, Varvaro, com um balconista, chegou à livraria às seis. E o carro de Arturo estava lá. Entraram e abaixaram a porta. Nem cinco minutos depois, Varvaro percebeu que tinha esquecido o cigarro no carro. Levantou a porta, saiu e viu que o carro de Arturo não estava.

— E de Montelusa à casa de praia dá uma meia hora — comentou Fazio.

— Isso não basta — disse Montalbano.

— Por quê? — disse Fazio.

— Porque Arturo sempre pode dizer que, antes de ir para a casa de praia, precisou fazer alguma outra coisa. Ou então que o carro quebrou, ele perdeu tempo. Por isso chegou à casa de praia às oito.

Mimì Augello sorriu.

— Mas eu não disse que hoje tive um tremendo de um rabo? Tenho outra testemunha. O senhor Modica.

— Quem é esse?

— O dono de outra casa de praia, que fica meio quilômetro adiante da de Barletta e, por isso, faz o mesmo caminho. Me deu na ideia de ir falar com ele. Pedi informação sobre o endereço dele na cidade e encontrei. Ele contou que, naquele domingo de manhã, estava indo para a praia quando foi ultrapassado na marra pelo carro de Arturo, que jogou o carro dele para fora da estrada e não parou.

— Ele se lembra da hora?

— Sim. Deviam ser seis e trinta e cinco, seis e quarenta. A mulher de Modica machucou a testa. Então Modica chegou à casa dele, medicou a mulher, pegou o carro e voltou, furioso, para a casa de Barletta. Estacionou, desceu, mas viu Arturo correndo ao encontro dele, transtornado: "Atiraram no meu pai! Vá embora!" Modica, assustado, entrou no carro, engatou a primeira e fugiu. Isso já está bom?

— Certeza que Arturo mandou Modica embora? — perguntou Montalbano.

— Absoluta.

— Então Arturo agiu de um modo antinatural. Porque alguém que acaba de encontrar o pai morto pede ajuda ao primeiro que aparece. Mas Arturo não quer estranhos lhe enchendo o saco, quer ter a área livre para procurar o testamento. Está tudo claro — concluiu o comissário.

— E agora? — perguntou Augello.

— Agora preciso ir falar com Tommaseo. E, a propósito do teu rabo, Mimì, fico feliz não só por ele mas também pela tua cabeça de policial.

Quando entrou na sala do promotor, Montalbano ficou surpreso.

Trepado numa cadeira, Tommaseo prendia com percevejos, numa parede, as fotografias ampliadas das moças de Barletta. Outra parede já estava toda coberta. Em cima da escrivaninha, ainda sobravam umas cinquenta fotos. Parecia a redação de uma revista pornográfica.

— Na porta seria bom pôr um cartaz "Esta sala é proibida para menores de 18 anos", não acha? — disse Montalbano, brincando.

Mas o outro levou a sério.

— Talvez tenha razão — disse, descendo da cadeira.

Olhou tudo ao redor, com ar de satisfação.

— Mandei ampliar, assim dá para ver melhor os detalhes.

Em cima da escrivaninha também havia uma lente de aumento digna de Sherlock Holmes. Montalbano imaginou que Tommaseo, sempre pensando em mulheres, devia passar umas noites infames quando lembrava a exposição que tinha organizado.

— Identificaram todas?

— Quatro, até agora. O doutor Mazzacolla está fazendo um trabalho magnífico.

O comissário notou que o rosto do promotor tinha ficado de um jeito que parecia de cera, sem sangue, e que suas mãos tremiam ligeiramente. Decerto estava à beira de outro colapso.

— Interrogaram as moças?

— Como não, como não! Demoradamente! Penetrei nelas em profundidade!

Remexeu o bolso, tirou uma caixinha, engoliu um comprimido, bebeu meio copo de água que estava ao alcance da mão.

"Esse coitado ainda larga a casca nessa", pensou Montalbano.

— Arrancaram alguma coisa?

— Quê... Sabe, são moças que mentem muito... Uma diz que dormiu com Barletta só uma vez porque tinha sido forçada a beber... Outra, que precisou ceder à força... A verdade é que Barletta tinha um sólido argumento para convencer uma mulher a ir para a cama com ele: dinheiro. Com elas, ele não economizava. Imagine que a última com quem ele esteve...

— Descobriram a última moça que esteve com Barletta?

— Sim. O doutor Mazzacolla não disse? Aquela ali, está vendo?

Apontou para uma das fotografias pregadas. Uma garota que não devia ter nem vinte anos, belíssima, completamente nua, de costas, com a cabeça virada para trás, olhando para o fotógrafo.

— Como está vendo — continuou Tommaseo —, é morena. Portanto, não pode ser ela a moça da última noite. Além disso, tem um álibi incontestável.

— Desde quando estava com Barletta?

— Faz um mês. Ela declarou que ele se apaixonou perdidamente por ela! Imagine só! Disse também, mas claro que é mentira, que Barletta tinha jurado de pés juntos que faria testamento em favor dela e mostraria a ela o tal testamento no próximo encontro, na segunda-feira seguinte. Mas no domingo foi assassinado.

Montalbano sentiu um violento choque elétrico por todo o corpo. Conseguiu se controlar. Depois começou a rir.

— Essa é a coisa mais absurda que alguém poderia dizer de Barletta! Só por curiosidade, como se chama?

— A moça? Alina Camera. É de Vigàta. Mas o senhor veio me dizer o quê?

— Nada. Estava passando e vim cumprimentar.

— Obrigado. Em que ponto está o seu braço de investigação?

— Temos suspeitas. Mas só suspeitas, veja bem, sobre o filho Arturo.

— É mesmo? E por que ele mataria o pai?

— Porque o pai estava dando em cima da mulher dele.

— Mas ele não perdoava nenhuma! — exclamou Tommaseo com certa inveja. — Queria... com a nora também?!

— Parece que sim.

— Bonita? — perguntou Tommaseo, lambendo os beiços.

Mas ele não achava suficiente aquela mulherada toda em volta, ainda que em fotografia? Montalbano precisava desviar a atenção dele, pois só faltava a pobre Michela, que afinal tinha lhe dado pena, ter de aguentar aquele promotor assanhado!

— Isso é que é estranho.

— Como assim?

— É feinha, viu? Pernas meio tortas, uma sombra de bigodinho... Vai saber o que ele via nela.

Tommaseo parecia decepcionado.

— Bom! Em matéria de sexo, o homem é insondável! — disse, filosófico.

Montalbano concordou, pensativo. Depois perguntou:

— Quer interrogá-la?

Tommaseo não demonstrou entusiasmo.

— Não, não! Esse, afinal, é o seu braço. Bom...

Levantou e estendeu a mão. Suada. Tinha pressa de voltar a estudar as fotografias com a lente de aumento.

Assim que saiu, Montalbano olhou o relógio. Eram oito e dez em ponto. Se ele e os outros não perdessem tempo, talvez conseguissem. Ligou para Catarella.

— Às ordens, dotor!
— Augello e Fazio ainda estão aí?
— Estão sim, dotor, estão no local.
— Diga para esperarem. Estou indo. Enquanto isso, me passa o Fazio.
— Mi diga, doutor.
— Fazio, marque um nome aí, Alina Camera, é uma garota de uns vinte anos de Vigàta. Se for possível e se for impossível também, leva ela aí no comissariado.
— Agora?
— Agora.
— O doutor Tommaseo assinou o mandado de prisão?
— Não.
— Por quê?
— Porque não pedi. Achei melhor antes ouvir essa moça. Não perca tempo, encontre essa Alina.

— Está aí — disse Fazio, que esperava em frente à entrada do comissariado.
— Alina?
— Sim senhor.
— Ótimo! Como conseguiu?
— Me deu na telha de procurar na lista telefônica. Estava lá, com nome, sobrenome e endereço. Tive a mesma sorte do doutor Augello, porque, quando cheguei, ela estava saindo para ir ao cinema com uma amiga.
— Como reagiu?
— É como se tivesse sido convidada a vir tomar um café. Se despediu da amiga e no caminho todo não deu um pio.
— Manda entrar na minha sala e vai lá também com Augello.

Dezesseis

Pessoalmente, Alina Camera era melhor ainda que na fotografia. Mimì olhava para ela extasiado com a sua beleza. Não se podia dizer que Barletta não sabia escolher mulheres. Mas como é que Barletta, andando pela cidade, desentocava mulheres tão bonitas, e ele não via nenhuma? Vai ver que Barletta tinha um olho especial, assim como o nariz dos cães farejadores.

— Sente-se. Vou retê-la só alguns minutos.

— Está bem.

Era como Fazio tinha dito, completamente indiferente. Aliás, parecia meio entediada.

— A senhora trabalha?

— Não. Vou fazer letras modernas em Palermo. Fiz a inscrição há uma semana ou pouco mais.

— Mora sozinha?

— Sim.

— Seus pais?

— Moram aqui, em Vigàta.

— O apartamento onde a senhora mora é de aluguel?

— Não. É meu.

— Seus pais lhe deram?

— Meus pais? Meus pais mal têm dinheiro para passarem o mês.

— Então como...

— Cosimo comprou há dois meses.

Quem era esse? Ela leu a pergunta nos olhos do comissário.

— Barletta — explicou.

É verdade, o nome dele era Cosimo. Ela se sentiu na obrigação de acrescentar:

— Isso de ele ter comprado o apartamento para mim eu disse ao doutor Mazzacolla e ao doutor Tommaseo também.

— Já era amante dele?

— Não.

— Então por que lhe deu o apartamento?

— Para me convencer a ser.

— E convenceu?

— Sim. No dia em que me entregou as chaves.

— Entendi. Escute, já é tarde, vou ao essencial. É verdade que Barletta estava apaixonado pela senhora?

— Sim.

— Pelas outras, não; pela senhora, sim?

— Talvez porque, ao contrário das outras, eu resisti três meses antes de... Tenho as cartas dele, pelas quais dá para entender que...

Essa era nova!

— Ele lhe escreveu cartas?!

— Sim, umas dez. São de rir.

— Por quê?

— Um velho escrevendo cartinhas de amor como um mocinho... Ainda por cima com erros.

Falava, mas era como se não participasse das palavras que dizia. Não era uma mulher de carne e osso, era uma espécie de geladeira.

— Falou com o doutor Tommaseo sobre essas cartas?

— Não.

— Deveria. Por que não falou?

— Porque, quando eu disse que Cosimo estava apaixonado por mim, eles começaram a rir e não acreditaram. Por isso...

— Onde estão?

— As cartas? Em casa.

— Faria alguma objeção a mostrá-las?

— Não ligo.

— Em que ocasião Barletta disse que faria testamento a seu favor?

Fazio e Augello, que não sabiam nada dessa história, aguçaram os ouvidos com espanto.

— Na segunda vez que veio me encontrar, eu disse que duas vezes com ele bastavam para mim, que não queria mais... que ele podia pegar o apartamentozinho de volta. Ele começou a chorar. Escreveu uma carta desesperada... está com as outras... Concordei que voltasse, desde que me pagasse os estudos. Depositou na minha conta bancária um valor alto, que me permitisse viver até receber o diploma. Tenho vontade de estudar, mas meus pais não estão em condições de me sustentar... Portanto, ele ou outro... A partir de então me quis praticamente todos os dias.

— Quando se viram pela última vez?

— Foi numa quinta-feira. Naquela ocasião ele me disse que faria testamento a meu favor, desde que eu nunca o deixasse, até ele morrer, e que me daria o testamento para ler no nosso próximo encontro, que teria sido na segunda-feira seguinte. Esclareceu que se trataria de testamento feito com tabelião, que não era uma brincadeira. Mas no domingo ele foi morto.

Contou a história sem nenhuma mudança na voz, sem nunca demonstrar qualquer sentimento, de vergonha, desagrado, ressentimento, pena, nada de nada.

— Por que houve esse intervalo nos encontros?

— Fui para Palermo sexta-feira pela manhã porque as inscrições para a universidade tinham sido abertas. Combinei com a amiga que me hospedou que ficaria na casa dela dois dias. E, de fato, voltei a Vigàta no domingo à noite. Fiquei sabendo da morte de Cosimo pela televisão. O doutor Mazzacolla já verificou isso.

Montalbano, Augello e Fazio trocaram um rápido olhar. Não havia mais nada para dizer.

— Obrigado, pode ir. Fazio, dê carona à senhorita e pegue as cartas com ela.

— Boa noite — disse Alina.

Levantou, ajustou a saia e saiu com a mesma indiferença com que tinha entrado.

— Sabe de uma coisa? — disse Mimì assim que os dois saíram da sala. — Essa moça me deu medo.

— A mim também — concordou Montalbano.

— Sorte dela que tem álibi, porque essa aí seria capaz de matar Barletta sem pensar nem um minuto.

— Acho que entendi por que Barletta se apaixonou por ela.

— Por quê?

— Porque ela é idêntica a ele. Totalmente isenta de humanidade.

Fazio demorou menos de meia hora para ir e voltar.

Colocou um maço de cartas em cima da escrivaninha.

— Posso dizer uma coisa? Essa moça me deu...

— ... medo? — perguntaram Montalbano e Augello em coro.

— A vocês também?

— Pelo que Alina disse, a gente pode perceber pelo menos duas coisas — disse o comissário. — A primeira é que Arturo tinha conhecimento da intenção do pai de mudar o testamento. Estava se concretizando uma coisa que ele sempre tinha receado, que era o pai se apaixonar por alguma garotinha e fazer uma grande besteira. Ele havia falado a respeito com Giovanna. A mudança significava que ele perderia até a parte menor da herança, já que a parte maior ia pra irmã. Resumindo, não ia ver um tostão. A segunda é que, finalmente, tive a resposta para uma pergunta que não me saía da cabeça: o que era preciso impedir de qualquer jeito que Barletta fizesse no domingo? A resposta é: impedir de mudar o testamento. Domingo era o último dia viável, na segunda seria tarde demais porque Barletta tinha prometido a Alina que nesse dia lhe mostraria o testamento. Está claro?

— Claríssimo — disse Augello.

Montalbano olhou o relógio, eram nove e meia.

— E agora vamos buscar a última confirmação. Fazio, lembra como se chamava o tabelião amigo de Barletta, de quem Giovanna falou?

— Piscopo, parece. Fica em Montelusa.

— Procure na lista telefônica e pergunte se podemos ir falar com ele.

— A esta hora?

— Sim senhor, a esta hora. Explique que não podemos evitar. Vamos nós três.

— Vou telefonar para a Beba e avisar que fico até tarde — disse Mimì, levantando e saindo.

Fazio voltou depois de uns dez minutos.

— Criou um pouco de caso, mas depois concordou. Está esperando em casa.

Partiram com um carro de polícia dirigido por Fazio. Quando chegaram às imediações da rua onde o tabelião morava, Montalbano disse:

— Ligue a sirene.

— Por quê?

— Efeito psicológico. O tabelião precisa ter a impressão de que se trata de uma coisa gravíssima, assim não opõe resistência às perguntas.

Quem abriu a porta foi o tabelião em pessoa.

Era um homem distinto, de uns sessenta anos, óculos de ouro, muito bem-vestido.

— Ouvi vocês chegando. Estejam à vontade.

— Doutor Piscopo, sou o comissário Montalbano.

Depois o apresentou a Augello e a Fazio. Foram convidados a se sentar numa sala decorada com móveis de luxo.

— Gostaria de lhes oferecer alguma coisa, mas não sei se em casa eu tenho... Sou solteiro, vivo sozinho e venho aqui praticamente para dormir.

— Não se preocupe. Agradeço por nos ter recebido com tanta gentileza e peço desculpas pela hora. Vou incomodá-lo o menor tempo possível. Cosimo Barletta era seu amigo?

— Era.

— Lavrou um testamento com o senhor?

— Não.

— Portanto não era seu cliente. Mas, como amigo, tinha pedido conselhos sobre o modo de redigir um testamento holográfico?

— Sim.

— Por isso, como amigo, o senhor não está obrigado ao sigilo profissional.

— Bom...

— Só quero saber se fez ou não.

— Fez.

— Dona Giovanna, a filha de Barletta... o senhor conhece?

O tabelião deu um ligeiro sorriso antes de responder.

— Bastante.

— Ela me disse que o testamento era mais favorável a ela do que ao irmão Arturo. Porque ela tinha filhos e Arturo não. É isso mesmo?

— É.

— Barletta depois comunicou ao senhor a intenção de anular esse testamento?

— Sim.

— A favor de uma pessoa de fora da família?

— Sim.

— Os dois filhos seriam completamente excluídos?

— Pela intenção dele, sim. Talvez deixasse um pequeno quinhão para Giovanna. Mas, veja...

— Diga.

— Um testamento assim como Cosimo tinha em mente não é fácil de redigir. Problemas não só de legítima... dá ensejo a muitas contestações... pode ser impugnado se não forem previstas todas as exceções... em suma, eu me ofereci para ajudá-lo, como, aliás, tinha feito com o primeiro testamento.

— Ele aceitou?

— Sim. Na sexta-feira pela manhã, lembro bem, ele me telefonou para me convidar a passar o domingo na casa de praia.

— Ele disse que Arturo também estaria lá?

— Arturo?! A presença dele seria no mínimo inoportuna. Ele iria assistir à redação de um testamento que o deserdava! Não, Cosimo especificou que estaríamos só nós dois.

— Quando soube que seu amigo tinha sido assassinado?

— Domingo mesmo, por volta das oito e meia da manhã.

— Quem lhe disse?

— Giovanna me telefonou. Para mim foi muito maçante, eu já estava pronto para ir falar com ele.

Montalbano se levantou, Augello e Fazio fizeram o mesmo.

— Agradeço sua cortês colaboração, doutor — disse Montalbano, apertando a mão dele.

— E agora? — perguntou Fazio enquanto voltavam para Vigàta.

— Agora você me leva para Marinella. Amanhã de manhã às nove quero Arturo na minha frente. Você, Mimì, passa pela minha sala, pega as cartas de Barletta a Alina, lê esta noite e...

— Mas por que sempre eu?!

— Porque ainda preciso acabar as outras, as da mulher desconhecida.

O telefone de Marinella tinha pegado o costume de começar a tocar sempre que ele estava abrindo a porta de casa. Felizmente, chegou a tempo.

— Onde estava? É a segunda vez que ligo — disse Livia.

— Entrando em casa neste momento.

— Foi ver o Mario?

Irra, mas aquilo era uma fixação!

— Acredite, não tive um minuto de tempo...

— ... para fazer o que eu peço você nunca encontra tempo!

— Não fale desse jeito!

— E como devo falar?

— Que não tive tempo absolutamente e pronto. Não é que não fui lá para lhe fazer um desaforo.

— Gostaria de acreditar, mas...

Estavam começando mal.

Discutiram uns dez minutos, depois, para concluir, Montalbano jurou que no dia seguinte iria fazer uma visita ao andarilho.

Adelina tinha deixado para ele macarrão com brócolis e uma salada de anéis de lula, camarões, salsão, cenouras e azeitonas pretas. Enquanto o macarrão ficou aquecendo no forno, ele arrumou a mesa na varanda.

Quando terminou, tirou a mesa, pegou cigarros e isqueiro e voltou a se sentar lá fora. Pôs a mão no bolso, tirou as cartas, começou a ler.

Você é teimoso, não desiste até que todos, querendo ou não, se submetam à sua vontade. Mas desta vez vou enfrentá-lo.

Você nunca vai conseguir me fazer mudar de ideia, já lhe escrevi isso e repeti pessoalmente.

Volto a declarar: não vou abortar.

Estaremos unidos para sempre por essa criança, bem mais do que pelo segredo que há anos guardamos no fundo de nosso coração.

Naquele dia terrível (lembra-se?), fizemos uma escolha instantânea.

Sem dizermos uma única palavra, sem trocarmos um único olhar, agimos em consonância, deixando que as coisas seguissem seu curso.

Mas agora você não concorda comigo.

Isso me entristece.

Mas estou decidida.

Escolho só eu, por mim e por você.

Deu uma olhada nas restantes. Numa, ela falava de quando tinham viajado juntos, em outra, agradecia os presentes e o dinheiro que ele lhe dava continuamente, numa terceira reprovava as constantes aventuras dele com mulheres e anunciava que se vingaria, *pagando na mesma moeda*... A última lhe causou uma impressão especial.

Lembrava-se de quando ela era pequena, e Barletta um dia a levou ao circo de cavalinhos...

Essa era uma pista importante. Porque significava que Barletta tinha conhecido aquela mulher, que se tornaria sua amante e mãe de um filho seu, quando ela ainda era pequena. Devia ser filha de algum amigo próximo dele.

Mas, afora essa carta, em nenhuma outra havia a mínima menção que pudesse levar à identificação da mulher.

Entrou, fechou a porta-balcão, foi dormir.

Vai saber por quê, aquelas cartas o tinham deixado incomodado.

— Fazio, antes de Arturo entrar, você precisa de todo jeito se informar sobre quem eram os amigos de Barletta, os que frequentavam a casa dele. Faça isso hoje à tarde. Agora estou indo.

— Como assim?! — perguntou Mimì espantado. — E o interrogatório de Arturo?

— Vocês cuidam disso.

— Desculpe, Salvo, mas...

— Mimì, esse homem matou o pai por uma questão de dinheiro. A motivação mais abjeta que se possa imaginar. Além de tudo, matou como um cretino, foi visto pelo dono da casa vizinha, Modica, telefonou para a irmã Giovanna às sete e meia, mas disse para nós que foi às oito, e nós sabemos que já estava no local antes das sete, e no fim atirou no pai sem nem perceber que ele já estava morto! Por que preciso perder uma hora da minha vida com um imbecil desses? Fale das testemunhas, do livreiro, de Modica, conte o que o tabelião e a mulher dele, Michela, disseram. Vai ver como ele entrega os pontos.

— E se ele quiser um advogado?

— Chamem. Depois ponham as algemas nele e o levem para o Tommaseo. E, como acho que essa história vai tomar a manhã inteira de vocês, a gente se vê depois do almoço.

Saiu, pegou o carro, correu para Marinella, entrou em casa.

— O que aconteceu? — perguntou Adelina, estranhando quando o viu chegar em horário nada costumeiro.

— Nada, nada.

Tirou a roupa, vestiu o traje de banho e foi correndo se jogar no mar.

Tinha se sentido imundo, só de falar de Arturo.

Se ficasse frente a frente com ele, era capaz de vomitar.

A água estava fria, mas limpou.

Voltou para casa, pegou as cartas da desconhecida, levou para a varanda.

— Adelì, me faz um cafezinho.

— É pra já.

Naquelas cartas, alguma coisa não convencia, e ele não conseguia focalizar.

... a mesma que *durante tantos anos sempre nos arrebatou...*

... pela *separação demasiado longa...*

... ninguém poderá suspeitar de que se trata de um filho nosso, *nem ele nem os que nos cercam...*

... os nossos encontros *eram quase diários, ainda que extremamente arriscados...*

Por que esses encontros eram tão arriscados? Não deviam ser arriscados só para ela, mas para Barletta também.

Mas se Barletta em geral estava pouco se lixando para o risco que as suas vontades provocavam! Era só ver como tinha se comportado com Michela, tentando violentar a moça na cozinha, enquanto todo o restante da família estava na praia, a poucos metros!

Então, o que tinham esses encontros para representarem um grande perigo?

— Dotor, o café.

Releu as cartas durante uma hora, mas não chegou a nenhuma conclusão.

— Fica pra comer em casa, em vez de ir sempre no restaurante! Vai saber que porcaria dão pra gente! Óleo frito e refrito, molho azedo, peixe fedorento...

No Enzo ele comia magnificamente bem, mas Adelina estava convencida de que era a melhor empregada e cozinheira do mundo.

— O que você vai fazer?

— Faço um macarrãozinho no forno.

Montalbano, se não se controlasse, teria dado um beijo e um abraço em Adelina e dançado uma valsa com ela.

— E cozinha pra de noite também?

— Claro!

Adelina aprontou a mesa na varanda, e ele se regalou, não tanto pelo prato que ela havia preparado, que era sempre a quintessência do paraíso, mas porque aquela comida tinha o melhor tempero que se podia desejar: um dia de sol, com um ventinho bem leve, que não só não atrapalhava como também trazia cheiro de mar.

O passeio, em vez de ser até a ponta do cais, dessa vez foi à beira-mar, descalço, com a água de vez em quando lhe acariciando os pés.

Chegou ao trabalho às três. Bem na porta se encontrou com Fazio, que ia saindo.

— Aonde vai?

— Fazer aquilo que vossenhoria disse hoje de manhã. Procurar os amigos chegados de Barletta...

— Augello está aí?

— Está.

— Então fique. Vá chamar Augello e venham os dois até a minha sala.

Dezessete

— Digam como foram as coisas de manhã — pediu, assim que os dois se sentaram na sua frente.

— E como haveriam de ser? — disse Mimì. — Quando apresentei todas as notificações, ele ficou pálido como um defunto, e a única coisa que disse, no fim, foi que queria o advogado. Mas, como o advogado não estava livre, nós acompanhamos Arturo até Tommaseo, que já tinha recebido o telefonema de Fazio, informando tudo. Tommaseo me chamou à parte, quis saber tudo de mim e começou o interrogatório só quando o advogado chegou, uma meia hora depois. Tudo segundo a lei.

— Como ele se defendeu?

— Continuou afirmando que chegou à casa de praia pouco antes das oito, mas Tommaseo convocou o livreiro e Modica para hoje à tarde. Na frente deles, com certeza entrega os pontos.

— Disse alguma coisa que possa interessar?

— Xingou muito a irmã Giovanna — disse Fazio.

— Chamou de vadia e puta — disse Mimì.

— Acusando de ser filha de seu pai — continuou Fazio.

— Que acusação é essa?

— No sentido de que, em matéria de amantes, ela também não brincava em serviço — explicou Mimì.

— Deu nomes?

— E como! O próprio tabelião Piscopo, o engenheiro Amantia, um advogado que se chama Di Stefano, Santo Fallace, que é um pequeno industrial farmacêutico... — arrolou Fazio.

— Mas o que isso tem a ver? — interrompeu Montalbano. — O fato de a irmã ter tantos amantes não significa que ele não seja um assassino.

— É verdade — disse Mimì. — Mas ele notou que eram pessoas que conheciam o pai deles, e que Giovanna usava essas pessoas para sujar o nome do pai. Disse que o pai, quando deixou o quinhão maior para Giovanna no testamento, não fez isso porque ela tem dois filhos, mas por ter sido envolvido por Giovanna e pelos amigos que eram amantes dela.

Em suma, diante do promotor, Arturo, sem papas na língua, se desforrou de todas as acusações que Giovanna tinha insinuado contra ele.

Que bela família, sem tirar nem pôr! Talvez um ninho de cobras fosse melhor.

— Está bem — concluiu Montalbano. — Fazio, pode ir começar a investigação.

Fazio se despediu e saiu.

— Que investigação? — perguntou Augello.

— Já, já eu digo. Antes me diga como eram as cartas de Barletta para Alina.

— Exatamente como a moça definiu, lastimáveis e cheias de erros. Mas demonstram que ele estava apaixonado de verdade. Sem dúvida teria feito testamento a favor dela.

Tinha perdido o juízo. Para ele, no mundo agora só contava essa moça.

— Então vamos falar de outras cartas de amor.

Tirou do bolso as cartas da desconhecida e entregou a Augello.

— Mas essas eu já li!

— Olhe os trechos que eu sublinhei.

Quando ele terminou, o comissário disse:

— Mimì, veja se acompanha meu raciocínio. Vou fazer uma espécie de resumo. Pelas cartas se percebe, primeiro, que Barletta conhecia essa mulher desde que ela era pequena; segundo, que a relação teve altos e baixos; terceiro, que os encontros deles eram de altíssimo risco; quarto, que nesse meio-tempo ela arranjou um "ele"; quinto, que eles tiveram uma nova oportunidade de se tornarem amantes; sexto, que ela ficou grávida e teve o filho; sétimo, que essa história durou anos e anos; oitavo, que os dois tinham em comum outro segredo, além desse de serem amantes.

— Esse é o resumo dos capítulos anteriores, agora diga qual é a continuação.

— Cheguei à conclusão de que essa mulher só pode ser filha de um amigo chegado de Barletta, um amigo que frequentava a casa dele. Essa é a investigação que Fazio precisa fazer.

Mimì ficou pensativo.

— Não concorda?

— Completamente. Mas me pergunto por que Barletta conservou essas cartas.

— Afora o fato de Barletta conservar tudo, nessas cartas está a prova escrita, incontestável, de que essa mulher teve um filho dele.

— Sim, mas para que servia essa prova?

— Como responder? Seria preciso entrar na alma de Barletta. E essa é uma coisa bem difícil. No entanto, é claro que ele também estava apaixonado por ela, mesmo que do jeito dele. Podia ser um meio de manter essa mulher ligada a ele para sempre.

— E como?

— Mimì, se ela ameaçasse deixá-lo, ele poderia fazer chantagem com a história do filho.

— Mas a minha impressão é que ela estava mais apaixonada que ele.

— Exato. Então a pergunta é a seguinte: como reagiria uma mulher tão apaixonada, se ficasse sabendo que o homem da sua vida perdeu a cabeça por uma moça de vinte anos? Que foi, definitivamente, deixada pra trás?

— Talvez matasse esse homem.

— É o que eu também penso. Por isso pus Fazio em ação.

— Espere um pouco. Se Barletta estava tão apaixonado por Alina, por que passou a última noite com outra mulher?

— Bom, o fato de ter passado a última noite com uma mulher nós deduzimos pelos cabelos loiros encontrados na cama de casal que tinha sido mesmo usada por duas pessoas. Mas Giovanna me pôs em dúvida.

— Como?

— Disse que o pai nem sempre arrumava a cama. Só puxava o lençol ou a coberta e deixava assim até a empregada ir lá, uns dias depois. Por isso não é garantido que os cabelos loiros sejam da noite de sábado para domingo.

— Parece lógico.

— Concordo. Mas, apesar dessa observação de Giovanna, uma coisa é certa. Quem matou às seis da manhã com veneno é a mesma pessoa que passou a noite com ele, loira ou negra não me interessa. Aquele café os dois tomaram juntos, quando acordaram.

— Mas você acha mesmo que quem envenenou Barletta foi a autora das cartas, que, é bom não esquecer, seria não só a amante fixa mas também a mãe do filho dele?

— Acho. E explico. Você mesmo se perguntou como Barletta, apesar de loucamente apaixonado por Alina, passou a noite com outra mulher. A pergunta só tem uma resposta: não se tratava de uma mulher qualquer, mas dela, daquela com quem, até o momento em que conheceu Alina, ele teve uma relação feita de autêntica paixão.

— E, na sua opinião, como tudo aconteceu?

— É uma hipótese. A antiga amante descobre que Barletta está perdido para Alina, sem esperança de recuperação. Para ela é uma novidade trágica, porque Barletta até aquele momento só tinha vivido casos passageiros. E ela, preste atenção, tem ciúme até desses casos, joga isso na cara dele e paga na mesma moeda, como escreve numa das cartas. Até aí está entendido?

— Está.

— Mas dessa vez não se trata mais de uma aventura transitória, e sim de amor, mania, demência senil, chame como quiser. O ciúme da desconhecida deve ter ficado insuportável, obsessivo. Tanto ela faz e diz que, no sábado à noite, Barletta concorda em recebê-la na casa de praia. Ela deve ter chorado, ficado desesperada, mas Barletta está irredutível.

— Salvo, aí existe uma contradição. Se Barletta não quer saber mais dela, como é que os dois acabam na cama?

— Porque é inelutável. Lembre o que ela escreve, mesmo que com palavras diferentes. Assim que os dois corpos entram em contato, explode a paixão. É mais forte que qualquer coisa. Isso acontece naquela noite também. Mas não significa nada, a desconhecida sabe que na manhã seguinte vai precisar ir embora, não tem jeito. Levou o veneno, para usar no caso de a tentativa falhar. Falhou, por isso ela usa o veneno. Está convencido?

— Estou — disse Mimì Augello. — Mas que veneno era?

— Pasquano me disse. É um veneno paralisante. Espere.

Procurou em todos os bolsos, mas não encontrou o papel com o nome que o doutor havia ditado. O único jeito era ligar para ele. Pôs no viva-voz.

— Qual a nova encheção que lhe deu na ideia? — perguntou Pasquano, com raiva.

— Desculpe, doutor, mas perdi o papelzinho com o nome daquele veneno.

— Percebe que está ficando mais gagá a cada dia que passa? Vamos dizer que se chama curarina. Um subproduto do curare. Nunca leu nenhum livro de aventuras entre os selvagens da Amazônia?

— Sim, mas por que disse "vamos dizer que se chama"?

— Porque, mesmo se tratando de um derivado do curare, que, como o senhor não sabe, paralisa as terminações dos centros nervosos, este está em altíssima concentração e pode agir sobre o sistema respiratório por ingestão.

— Por quê? O curare não faz efeito quando ingerido?

— Não. Quem beber um copo vai continuar vivo. Mas, se ele for injetado, coisa que lhe desejo, é morte certa. E com isso, cordiais saudações — concluiu, desligando.

— Você não perguntou uma coisa — disse Mimì. — Se é fácil encontrar esse veneno.

— Já tinha perguntado. Pasquano disse que é usado em hospitais contra a raiva, a epilepsia...

De repente, começou a rir. Augello olhou para ele, espantado.

— O que te deu?

— O que me deu é que Arturo, atirando no pai, deve ter mandado pro brejo o plano da verdadeira assassina. Ela usa um veneno especial, que não deixa vestígios externos. Devia estar contando que o médico iria atribuir a morte a causas naturais. E ninguém ia ficar sabendo que Barletta tinha sido assassinado. Mas Arturo atira, não sabendo que ele estava morto, e assim torna necessária a autópsia. Com a consequência de se descobrir a cianurina, ou sei lá como se chama, no cadáver. E a assassina, que esperava ficar na sombra, está ferrada.

— Ferrada vai estar quando a gente puser a mão nela — disse Mimì. E prosseguiu: — Em conclusão, a única coisa que podemos fazer é esperar que Fazio descubra alguma coisa.

— Pode haver outro caminho.

— Qual?

— Falar com Giovanna. Pode ser que a desconhecida tenha sido amiguinha de infância dela. Pode ser que tenham continuado amigas, que ainda se visitem.

— E por que você não fala com ela?

— Mimì, você acha que o momento é oportuno? Exatamente no dia em que o irmão dela é preso? Está certo que ela não se absteve de desviar as suspeitas para Arturo, mas, enfim...

— Eu faria isso assim mesmo — disse Augello, saindo.

Ele ficou um tempinho pensando no caso, estudando os prós e os contras, e resolveu seguir o conselho de Mimì. Eram quatro e meia. Digitou o número. Quem atendeu foi ela.

— Aqui é Montalbano. Como está?

— Como quer que eu esteja? Como o senhor estaria se essa... desgraça tivesse acontecido com o senhor? Meu pai assassinado por meu irmão, filho dele! Não... não esperava que Arturo pudesse chegar a tanto!

— Escute, Giovanna, sei muito bem que o meu telefonema é inoportuno...

— Por quê? Está se referindo à prisão de Arturo?

— Bom, sim.

— O senhor só cumpriu o seu dever. Por que ligou?

— Está ocupada agora?

— Não. Mandei as crianças almoçarem na casa dos avós paternos. Meu marido viajou. Eu quis ficar sozinha. Diga o que quer.

— Preciso falar com a senhora.

Ela teve uma ligeira hesitação.

— Venha.

— Obrigado. Diga o endereço.

Tinha acabado de desligar, o telefone tocou.

— Ah dotor! Acontece que seria a senhorita namorada de vossenhoria que quer falar em pessoa pessoalmente!

Livia ligando para o trabalho àquela hora?!

— Foi ver o Mario? Telefonei porque, caso você ainda não tivesse ido...

Cacete! Tinha esquecido outra vez! E não sabia se ia encontrar tempo para ir. O único jeito era contar uma mentira.

— Mas se eu jurei que ia! Você pensa isso a meu respeito? Que sou um daqueles que não cumprem a palavra dada?

— Desculpe. Como ele estava?

— Estava ótimo. Completamente curado. Mandou mil lembranças.

Depois de uns dez minutos conseguiu partir para a casa de Giovanna.

Quando a viu, ficou impressionado. Não era a mesma Giovanna da última vez. Não estava maquiada nem penteada, tinha olheiras e duas rugas nos cantos dos lábios, que não sorriam. Dava para perceber que tinha sido marcada por aquela espécie de tragédia grega acontecida com a sua família.

— Está sendo um dia horrível — disse enquanto convidava o comissário a se sentar na sala. — É o tormento dos jornalistas! Abutres, hienas! Dezenas de telefonemas! Não me deram um instante de folga! Estou arrasada!

— E agora venho eu também — disse Montalbano.

— O senhor é outra coisa — disse Giovanna sem nenhuma menção de sorriso.

Sentou-se numa poltrona de frente para ele.

— Vou perturbá-la o menos possível — começou o comissário.

Tirou do bolso as cartas da desconhecida.

— Estas cartas foram encontradas numa gaveta secreta da escrivaninha de seu pai. Olhe.

— Já vi — disse ela.

Montalbano se surpreendeu.

— Quando?

— Naquela noite em que fui ao comissariado, lembra? Elas estavam em cima da escrivaninha. Aliás, uma caiu no chão e...

— Mas não conseguiu lê-las?

— Não.

— Posso pedir que leia agora?

— Está bem. Aceita um uísque?

— Sim, obrigado.

Enquanto ele bebia, ela lia. A certa altura, grossas lágrimas começaram a escorrer por suas faces. Estava chorando em silêncio.

— Se for muito doloroso...

Ela fez sinal negativo. No fim, pôs as cartas na mesinha e se levantou.

— Com licença.

Voltou logo depois, tinha ido lavar o rosto e também passar um pente no cabelo.

— Consegue falar a respeito?

— Sim.

— O que acha disso?

— Que essa mulher é a única que amou realmente meu pai.

— Tem alguma ideia?

— De quem pode ser? Absolutamente não. Por outro lado, como poderia ter?

— Esse é o ponto, veja. Como numa das cartas a mulher lembra que seu pai a levou ao circo de cavalinhos quando ela ainda era menina, achei que a senhora pudesse tê-la conhecido na infância...

— Espere... Lembro que eu também... meu pai me levou ao circo de cavalinhos. Eu tinha... é, quatro anos. Agora que está me fazendo pensar...

Interrompeu-se, apareceu uma ruga no meio da testa.

— É, havia outra menina, da minha idade, mas não consigo...

— Faça um esforço, para nós seria fundamental saber.

— Por quê?

— Porque estou convencido de que essa menina, que se tornou mulher e amante de seu pai, é a pessoa que o envenenou.

— Por que faria isso se o amava tanto?

— Acabou de dizer: porque o amava e não suportava que seu pai estivesse...

— ... perdidamente apaixonado por uma moça de vinte anos. Entendi.

Montalbano achou que alguma coisa não estava batendo.

— Quem lhe disse que seu pai tinha perdido a cabeça por uma mocinha?

Ela respondeu tranquilamente.

— Quem disse foi o advogado de meu pai, quando telefonei para ele. Lamento não poder ajudar, mas...

— Só mais um momento. Encarreguei Fazio, que a senhora conhece, de fazer uma lista dos amigos de seu pai, os que frequentavam sua casa. Se a senhora me desse alguns nomes, nós economizaríamos tempo.

— Pois não. Os primeiros nomes que me vêm à cabeça são os do tabelião Piscopo, do advogado Di Stefano e do engenheiro Lamantia. Mas...

— Mas?

— Piscopo nunca se casou, Di Stefano tem dois filhos homens, só Lamantia tem uma filha da minha idade. O nome dela é Anna. Escute...

— Diga.

— Posso ficar com estas cartas? Gostaria de estudá-las. Talvez eu acabe tendo alguma ideia...

— Tudo bem, mas...

— Fique tranquilo, eu devolvo.

Saindo da casa de Giovanna, sentiu que a investigação finalmente tinha chegado a alguma coisa concreta. E também sentia, vai saber por quê, que não tinha tempo para perder. Estava com o celular no bolso e o usou para chamar Fazio.

— Em vinte minutos na minha sala.

— O que aconteceu, doutor?

— Descobriu quem eram os amigos íntimos de...

— Doutor, não era preciso descobrir nada. A lista foi dada por Arturo ao Tommaseo. Piscopo, Di Stefano, Fallace, Lamantia. Foi quando relacionou os amantes da irmã Giovanna.

— Isso, Lamantia. Tem uma filha chamada Anna que...

— Comecei exatamente por Lamantia.

— Soube de alguma coisa sobre essa Anna?

— Soube, sim, doutor. Está gravemente doente. Faz quase um mês que está internada numa clínica de Palermo.

Montalbano desanimou. Até essa pista tinha ido pra cucuia.

Mas, então, por que Giovanna tinha dado aquele nome?

Voltando a Marinella, parou o carro no começo da trilha que levava à gruta do andarilho, desceu, fez a subida. Mas o homem não estava lá dentro, ainda não tinha voltado. Portanto, se tinha saído, significava que estava bom. A mentira contada a Livia correspondia à verdade. Com a consciência tranquila, voltou para o carro, fez a manobra, foi até sua casa. Naturalmente, enquanto abria a porta, ouviu o telefone tocar.

— Salvo, aqui é Mimì.

— Diga.

— Ligaram agorinha mesmo do gabinete de Tommaseo. Arturo confessou. Foi tudo como você imaginou. Ele tinha ficado sabendo pelo próprio Barletta (que, cá entre nós, também era um sádico) que naquela manhã o tabelião estaria lá na casa de praia para mudar o testamento. Ou melhor, para dar forma definitiva ao rascunho que Barletta já tinha preparado.

— Tinha preparado um rascunho?!

— Foi o que ele disse. E que precisava impedir. Chegou às quinze para as sete, abriu com a sua chave sem fazer barulho, viu o pai sentado na cozinha tomando café, atirou e foi procurar o rascunho do novo testamento. Mas não encontrou. Aliás, nem nós encontramos. E isso é tudo. Ah, estava esquecendo: o revólver ele enterrou. Foram procurar.

Quase não tocou na comida que Adelina tinha feito. Ficou sentado na varanda, fumando e pensando. Estava bem incomodado, porque no íntimo tinha a sensação desagradável de ter deixado de lado, no quadro geral, alguma coisa, um detalhe, um pormenor, que merecia maior atenção. Mas o quê? E em que momento da investigação?

Tinha vontade de beber um pouquinho de uísque, mas barrou a ideia, porque queria manter a cabeça lúcida.

Ao mesmo tempo, sem nem saber por quê, voltou à sua mente uma frase dita por Augello no telefonema anterior, ou seja, que Arturo tinha ficado sabendo da mudança do testamento pelo próprio pai, por puro sadismo. E é quase certo que o pai tivesse explicado a razão da mudança: a paixão por uma garota de vinte anos. Mas a irmã Giovanna, pelo que tinha declarado, só ficou sabendo da história do pai com a mocinha por meio do advogado Alfano naquele mesmo dia. E com isso ela queria dizer que não estava informada nem da mudança do testamento nem da razão da mudança.

Mas era justamente aí que as coisas não batiam!

Mesmo admitindo que Giovanna não soubesse do motivo da mudança, o fato é que ela não podia deixar de saber da mudança. Seria possível o pai ter avisado Arturo sem dizer nada a ela, com quem tinha mais intimidade? E, se o próprio Barletta não tivesse feito isso, seria possível Arturo não ter revelado a ela a intenção do pai? Mas se a própria Giovanna tinha dito, na primeira vez que se viram, que Arturo morria de medo exatamente dessa eventualidade! O irmão teria telefonado logo para ela, dizendo: "Está vendo como eu tinha razão?!"

Não, era mais que certo que Giovanna também estava a par da situação. Portanto, se tinha ficado sabendo, como seria possível que não tivesse falado com o pai para tentar fazê-lo mudar de ideia?

Tudo bem, e daí? Ela havia falado com ele, e ele tinha continuado firme na sua intenção.

Estava num círculo vicioso, melhor excluir Giovanna dos pensamentos e voltar a refletir sobre as cartas da desconhecida.

Dezoito

Mas nesse momento o telefone tocou. Era Livia, querendo dizer boa-noite. Perguntou em que ponto estavam as investigações. E ele contou direitinho como Arturo tinha confessado.

— Ainda bem!

— Por quê?

— Porque assim você não tem mais motivo para se encontrar com aquela mulher que costumava te cumprimentar de um modo meio afetuoso demais!

Ele não respondeu que tinham até jantado juntos e que continuavam a se encontrar, mas agora sem beijos. Depois de um tempinho se despediram, milagrosamente sem brigas.

Quando se sentou de novo na varanda, voltou à sua memória a cena do bofetão dado por Livia. Teve vontade de rir, mas se reprimiu de repente.

Espera aí, Montalbà! Pode parar!

Giovanna não pode ser excluída dos seus pensamentos! Ao contrário, vamos voltar atrás.

Por qual razão Giovanna tinha insistido tanto em ir à casa de praia?

Apareceu com aquela história de um anel que precisava recuperar antes que a casa fosse reaberta...

Talvez o melhor fosse lembrar tudo o que fizeram no tempo em que ficaram lá. Então, ele tirou os lacres, ela abriu, eles entraram, a luz não funcionava, ela abriu as folhas de uma janela, subiram a escada, ela foi para o banheiro, abriu a janela, percebeu que o anel não estava em cima do lavatório, como Mimì tinha dito. Aí ele telefonou para Mimì, que lhe explicou que tinha se enganado, que o anel tinha sido posto debaixo das camisas da primeira gaveta do guarda-roupa. Giovanna, que ouviu, logo correu para fora, enquanto ele se demorava enxugando o suor e fechando a janela. Depois ele entrou no quarto de hóspedes, mas lá não encontrou Giovanna, porque se tratava do guarda-roupa do quarto de Barletta. Quando ele entrou ali, viu o guarda-roupa aberto, a gaveta das camisas meio puxada e Giovanna com a caixinha do anel na mão. A propósito, como se chamava o joalheiro? Ah, sim, Marco Falzone, e era de Montelusa.

Nesse ponto era possível levantar uma hipótese. Giovanna fica sabendo, pelo irmão, que existe um rascunho do testamento. Papel bem perigoso, é preciso dar sumiço nele. Também sabe que nem Arturo nem a polícia acharam esse papel. Ela pensa um pouco e tem uma ideia do local onde o pai pode ter escondido o rascunho. Mas não pode entrar. Então, com a desculpa do anel, consegue a retirada do lacre, entra e, aproveitando os minutos em que fica sozinha, pega não só o anel mas também o testamento antigo, se ainda existir, e o rascunho do novo. Beijinho e tchau.

Desse modo, com Arturo na cadeia (e para ele ir parar na cadeia ela mesma tinha contribuído com insinuações também no segundo encontro) e sem mais nenhuma forma de testamento, dona Giovanna se torna herdeira universal. Como ideia, não foi nada ruim.

Parabéns. E ele, comissário Montalbano, conhecido pela argúcia e pelas intuições instantâneas, tinha lhe dado uma mãozinha! Mil parabéns para ele também! Bofetão na cara é o que ele merecia, e não só um, mas cem mil!

Teve um acesso tão grande de raiva que se levantou, foi pegar uísque e copo, levou para a varanda e começou a beber. Na manhã seguinte ia voltar à casa de Giovanna, e ela ia ver o que é bom pra tosse.

Apesar de ter bebido meia garrafa, o sono não chegava, as horas passavam, e ele nem percebia. Estava aflito, atormentado, dirigia palavrões a si mesmo, dava razão a Pasquano, quando repetia que ele tinha ficado velho demais para aquela profissão. Queimava como fogo vivo a lembrança do papel de fantoche que Giovanna lhe tinha impingido. Mas, ao mesmo tempo, entendia que ela conseguiria se defender da acusação com enorme facilidade. Aquela era uma hipótese que não poderia se sustentar em provas. Ele não tinha nada nas mãos. O que fazer para botar Giovanna contra a parede?

E, a propósito de não ter nada nas mãos, nada era o que ele tinha nas mãos para chegar à identificação da verdadeira assassina, a envenenadora. Talvez precisasse recomeçar do zero, pondo-se em outro ponto de vista. Deixando de lado a identidade da assassina, vamos perguntar como ela conseguiu um veneno que só se encontra em hospitais...

Entre as tantas namoradas de Barletta, será que alguma era filha de médico, de farmacêutico, de enfermeira?

Espere, Montalbà, espere! Em algum momento alguém não falou de farmácia ou coisa semelhante?

Falou, sim, tinha certeza, mas quando isso tinha acontecido exatamente? E quem tinha sido?

Sem nem perceber, levantou, foi até o outro aposento, pegou o telefone, ligou para Fazio. Precisou esperar bastante até ele atender.

— Doutor, o que foi?

— Estava dormindo?

— Doutor, são cinco da madrugada!

Olhou o relógio. Era mesmo! Mas, já que tinha acordado o outro, melhor que ele não tivesse perdido o sono à toa.

— Desculpe, mas... Escute, a propósito de Barletta, alguém falou de uma farmacêutica ou de uma farmácia?

— Não senhor, tenho certeza.

Será que ele tinha sonhado?

— De médico, hospital, ambulatório...

— Não, doutor. O único que tem a ver com remédio é Santo Fallace, que tem uma pequena indústria farmacêutica em Montelusa...

O relâmpago que explodiu no cérebro dele parecia que tinha iluminado o quarto como de dia. Olha só, que coincidência! Exatamente esse nome Giovanna não mencionou na lista dos amigos do pai! Excluiu propositadamente! Porque era também um dos amantes dela! Com as pernas bambas, agarrou uma cadeira e se sentou.

— Doutor, ainda está aí?

Achou difícil abrir a boca.

— Sim. Estou. Daqui a três horas, às oito, quero Fallace no comissariado.

Não, Montalbà, recuse com todas as forças, feche todas as passagens para o pensamento horrível que, no seu cérebro, está tentando derrubar todas as barreiras que você põe diante dele. Não deixe nenhuma senda, nenhuma brecha, a mínima fenda, senão você despenca por um despenhadeiro infernal.

Melhor se atordoar, acabar o uísque que ainda está na garrafa, ficar bêbado, ou então ir para a praia e meter a cabeça na areia para não enxergar, não ouvir, como fazem os avestruzes...

Mas a queda pelo despenhadeiro ele não conseguiu evitar.

Enquanto ia correndo tomar um banho porque de repente teve a sensação de estar pegajoso, como se em cima dele tivesse caído um tambor de graxa, ouviu, bem pertinho, um pássaro cantar. Um pássaro que fazia variações fantasiosas em torno do tema *Il cielo in una stanza*. Estacou. Que maluquice era aquela? Mas aquele canto ele já tinha ouvido. Era aquele do sonho na floresta de Yadwigha? Mas agora estava acordado! Não, não podia ser. E de repente ele entendeu que era Mario, o andarilho, assobiando. Correu para a varanda.

— Bom dia. Percebi que estava acordado, então... Vim cumprimentar. E dizer uma coisa. Estou indo embora daqui.

— Por quê?

— Porque, depois que eu disser o que vim dizer, o senhor mesmo vai entender que...

— Escute, venha comigo à cozinha. Vou fazer um pouco de café.

Ele foi. Montalbano convidou Mario a se sentar enquanto lidava com a cafeteira.

— Pode dizer.

— Uns anos atrás eu costumava ir dormir num palheiro, de onde se enxergava, lá embaixo, a casa de praia de Barletta. Era no alto de um morrinho, do lado de lá da estrada... distava da casa só uns cem passos.

— Continue.

— Certa manhã, exatamente seis de julho, essa é outra data da minha vida que nunca mais vou esquecer, deviam ser umas dez horas, eu estava descendo para a estrada, quando ouvi um grito tremendo, lancinante, desesperado. Logo depois saiu da casa de praia a senhora Barletta, eu a conhecia muito bem, saiu correndo para o mar e, correndo, gritava e, gritando, ia arrancando o penhoar, a camisola, e jogando na areia... Entrou no mar, sempre gritando. Eu fiquei imóvel, não sabia o que fazer, não entendia o que estava acontecendo... Então a filha Giovanna saiu seminua da casa, e um segundo depois apareceu o pai ao lado dela, vestido de calção de banho... Ficaram alguns segundos assim, parados como duas estátuas, depois Barletta pegou a filha pelo braço e a puxou para dentro de casa. Nessa altura, já quase não se ouviam os gritos da senhora, ela era apenas um ponto distante no mar... Só então tive condições de descer correndo a ladeira, atravessar a estrada, correr pela praia, me atirar na água... Sou... era bom nadador. Mas, quando cheguei... não a vi mais. Então mergulhei, procurei, finalmente a vi... Logo percebi que tinha chegado tarde, sou... fui cirurgião. De qualquer modo, consegui arrastá-la para a margem, fazer respiração boca a boca, mas foi tudo inútil. Eu a deixei ali e me afastei correndo. Naquele dia mesmo fui para outro lugar.

— Por quê?

— Não queria que ninguém me... identificasse, é isso. Os jornais escreveram que tinha sido um acidente. Não é verdade, comissário, foi suicídio. Que aqueles dois poderiam ter impedido, mas não impediram.

Naquele dia terrível (lembra-se?), fizemos uma escolha instantânea.

Sem dizermos uma única palavra, sem trocarmos um único olhar, agimos em consonância, deixando que as coisas seguissem seu curso.

Sair do fundo desse despenhadeiro que faz ficar sem fôlego. Subir de volta correndo, como que fingindo não ter ouvido o que Mario contou, despejar o café na xícara, perguntar:

— Quanto açúcar?

— Uma, obrigado — diz Mario e olha para ele perplexo porque não entende a falta de reação do comissário.

E ele, sociável, como se estivesse sentado à mesa de um bar:

— Perdoe a pergunta. Mas por que quis... se era...

Mario pesca no ar.

— Cometi um erro trágico. Matei um menino na sala de cirurgia. Fui absolvido pela justiça. Mas eu sabia que era culpado. Porque estava distraído, pensando na minha mulher, que me traía... Não fui mais capaz de... me deixei levar. Entende?

Deu um sorriso triste.

— O senhor já começou.

— O quê?

— A fazer perguntas. Por isso vou embora.

Levantou e estendeu a mão ao comissário.

— Além disso, entenda, pela minha situação pessoal não estou em condições de ser testemunha. Transmita meus cumprimentos a dona Livia. Trate-a com carinho.

Fez uma espécie de meia reverência, deu as costas, saiu.

E agora que você está sozinho, Montalbà, vai ser obrigado a cair de novo no despenhadeiro. Não pode se recusar. É o teu ofício de policial. É a tua condenação.

Mas tente fazer isso evitando a sensação de vertigem que se tem quando se olha o fundo, vá descendo com cuidado, de olhos fechados, degrau por degrau.

Carrego dentro de mim uma criatura sua...

E que nome dar a essa criatura que era ao mesmo tempo filho e neto do mesmo homem? Filho e irmão da mesma mãe? Até Barletta tinha ficado horrorizado, mas ela, não. Ela, não.

Decidi pagar na mesma moeda, suas aventuras estão me deixando louca de ciúme...

E tinha cumprido a promessa, tornando-se amante de todos os amigos do pai! Um por um, premeditadamente, e talvez até tivesse dito a seu... a Barletta, para ele sentir ciúme...

Fizemos uma escolha instantânea...

A escolha de não impedir o suicídio da mulher e da mãe, respectivamente, que devia ter surpreendido os dois juntos... Mais cedo ou mais tarde aquilo aconteceria, ela mesma tinha dito que os encontros deles eram de alto risco...

Lembro quando eu era menina e você me levou ao circo de cavalinhos...

Mas quando tinha começado a história entre os dois? Três anos depois? Quando a menina tinha sete anos? Oito? Dez?

Montalbano deve ter posto um pé em falso, porque seu tombo dentro de um nada sem fim, dentro da escuridão aterrorizante, foi repentino e vertiginoso.

Tremendo, apoiou a testa na madeira da mesa e ficou muito tempo assim, continuando a cair.

— Mande entrar — disse a Fazio.

Também lá estava Augello, que, assim que o viu entrar no comissariado, olhou para ele e perguntou:

— Está com febre?

— Não.

Santo Fallace tinha uns sessenta anos e fazia questão de estar em forma e bem-vestido. Tinha expressão preocupada.

— Senhor Fallace, tem uma indústria farmacêutica?

— Sim. Em Montelusa.

— Ficou sabendo que seu amigo Barletta foi morto com um veneno paralisante que só é usado em hospitais?

— Sim.

— Sua indústria produz esse veneno?

— Sim. Em pequena quantidade.

— O senhor conhece dona Giovanna Barletta?

Fallace mostrou o primeiro sinal de inquietação.

— Eu era amigo do pai dela.

— Minha pergunta é diferente. Teve relações pessoais com ela?

— Bom... sim.

— Quando?

— Bom, foram... esporádicas.

— A última vez?

— Pouco mais de um mês atrás.

— Ela teve oportunidade de visitar sua empresa?

— Sim, esteve lá pelo menos três vezes.

— A última foi quando?

— Exatamente há um mês.

— Nessa ocasião ela lhe fez algum pedido especial?

— Não... não entendo.

— Ela lhe pediu algum fármaco sem ter a prescrição regulamentar?

A inquietação e a preocupação de Fallace se concretizaram em algumas gotas de suor na testa.

— Sim. Como seu filho Cosimo...

Quis lhe dar o mesmo nome!

— ... sofre de epilepsia... me pediu...

— ... um frasquinho daquele mesmo veneno que...

— Mas eu expliquei que, usado daquele jeito, era veneno mortal! — soltou Fallace. — Que precisava ser diluído com... e ela me garantiu que...

— Está bem. Pode ir.

Augello e Fazio ficaram mais surpresos que Fallace com as palavras de Montalbano.

— Obrigado. Bom dia — disse Fallace se levantando e dando no pé.

— Vai deixar ir assim?! — perguntou Augello espantado.

— Então foi Giovanna! — disse Fazio estupefato.

— É, foi ela — confirmou Montalbano.

— Então podemos ir logo... — disse Fazio.

— Ainda não — disse, firme, o comissário.

— Mas você sabe o que Fallace está fazendo neste exato momento? — rebelou-se Augello. — Está ligando para Giovanna e avisando! Não se pode perder tempo!

— Calma, Mimì, ela não escapa. Não tem para onde ir. Primeiro preciso dar um telefonema.

Fazio começou a olhar fixo, enquanto Mimì, nervosíssimo, saiu da sala. Montalbano pegou o fone.

— Catarè, ligue para a joalheria Marco Falzone de Montelusa e passe a ligação.

— Joalheria Falzone. Quem fala?

Pôs no viva-voz.

— Aqui é o comissário Montalbano. Gostaria de saber quem comprou aí um anel feminino que no centro tem uma rosa de brilhantes.

— Quando?

— Não sei dizer.

— Comissário, o senhor há de entender que com tão poucos elementos...

— Entendo. Eu poderia dar o nome de um possível comprador.

— Já seria alguma coisa.

— Cosimo Barletta.

— Espere, que vou olhar no computador... Sim, está aqui. Quem comprou foi exatamente esse senhor. Faz oito meses. Mas, desculpe, Barletta não é aquele que foi...

— Obrigado — disse Montalbano desligando.

— E, agora que ganhou todo o tempo que era possível ganhar — disse Fazio —, podemos ir?

— Vamos.

— Aviso o doutor Augello?

— Deixa pra lá.

— Dona Giovanna Barletta está em casa? — perguntou Montalbano na portaria.

— Hoje de manhã ainda não saiu.

Bateram durante muito tempo, ninguém veio abrir.

— Desça para ver se a porteira tem alguma chave de reserva.

Esperando, acendeu um cigarro. Agora era certo que Giovanna tinha empregado bem o tempo que ele lhe tinha concedido. Fazio voltou com a chave. Abriram, entraram.

Giovanna estava estendida na cama, morta.

Em uma das mãos, segurava um frasco vazio.

Tinha tomado o mesmo veneno.

Em cima do criado-mudo havia um bilhete escrito com mão firme.

> *Comissário Montalbano, depois do telefonema de Fallace não me restava outra escolha. O senhor tinha entendido tudo. Lamento por ter precisado destruir as cartas. Por favor, aja da melhor maneira possível. Fiz o que fiz, que esteja claro, para ficar com toda a herança. Obrigada.*

Então entendeu que toda aquela história tinha de ser considerada de um modo diferente. Mas a palavra que a definia era bem difícil de pronunciar.

— Você nunca viu este bilhete — disse a Fazio, pondo o papel no bolso.

— ... talvez passe a noite tentando convencer o pai, mas não consegue. Depois vão dormir cada um no seu quarto. Giovanna acorda cedo, precisa partir para Montelusa no máximo às seis. Toma banho, desce para a cozinha, faz café. Barletta também, depois de se lavar superficialmente, desce, senta-se à mesa. Giovanna lhe serve o café envenenado, bebe o dela, lava a xícara. Vai embora, fechando a porta à chave. Impediu que o pai mudasse o testamento, atingiu seu objetivo. Voltando, talvez pegue outro caminho, porque não cruza com o carro do irmão. Às seis e meia está em Montelusa, abre a porta da casa com cuidado, troca de roupa, vai acordar a babá. E, depois de um pouco, acordar os meninos também. Com o telefonema de Arturo, dizendo que o pai levou um tiro, ela deve ter ficado transtornada, pois frustrava seu plano, que era de dar a impressão de ter sido morte natural. E é isso.

— Meu Deus, que família! Um irmão e uma irmã que matam o pai por uma sórdida questão de interesse! — exclamou Tommaseo.

— É — disse Montalbano.

Nunca teria contado a verdade, como Giovanna, indiretamente, lhe havia pedido que fizesse, no bilhete.

Por favor, aja da melhor maneira possível.

Porque, pelo menos para ela, não se tratava de interesse. Ela estava pouco se lixando para testamentos.

E tinha ido à casa de praia realmente para recuperar o anel, último presente do homem que ela amava.

Tratava-se de amor.

Seria possível usar essa palavra? Se você conseguisse superar o nojo, a náusea, o horror e chegar à substância, talvez sim. Sim, você podia usar essa palavra, mas só no seu íntimo, não com outras pessoas.

Desesperado, antinatural, incestuoso, terrível, inconcebível, repugnante, escandaloso, degenerado. Todos os adjetivos que quiser.

Mas sempre uma forma de amor.

Não, era inútil dizer a Tommaseo como as coisas tinham de fato acontecido.

— Amor?! O senhor chama de amor essa... desumana infâmia?! — teria respondido, indignado, o promotor.

Mas que nome diferente ele poderia lhe dar?

Nota

O original do romance que os senhores têm em mãos remonta a 2008.

A publicação foi então adiada por estar próxima demais de *A lua de papel*, de 2004, livro no qual não tive coragem de desenvolver profundamente um tema que continua sendo difícil tratar, como o incesto. Aqui me submeti a essa prova.

Nesta história, inteiramente devida à minha fantasia, espero que ninguém pretenda se reconhecer.

A. C.

Este livro foi composto na tipografia
Adobe Garamond Pro, em corpo 12/15, e
impresso em papel off-white no Sistema Cameron
da Divisão Gráfica da Distribuidora Record.